ILS ONT GARDÉ LE
SILENCE DURANT PLUS
D'UN DEMI-SIÈCLE.
LE SILENCE.
EKA TAKUAKI AIMUNA.
QUAND IL N'Y A PAS
DE MOTS.
C'EST LE SILENCE
QUI LES A TUÉS.

MÉMOIRE
D'ENCRIER

1260, RUE BÉLANGER – BUREAU 201
MONTRÉAL, QUÉBEC H2S 1H9
INFO@MEMOIREDENCRIER.COM
MEMOIREDENCRIER.COM

EKA ASHATE
NE FLANCHE PAS

DE LA MÊME AUTRICE

Shuni (roman)
Mémoire d'encrier, 2019

Manikanetish (roman)
Mémoire d'encrier, 2017 ;
2024 (Nouvelle édition ; Legba, format poche)

Kuessipan (roman)
Mémoire d'encrier, 2011 ; 2017 (Legba, format poche)

Eka ashate · Ne flanche pas rassemble les voix des aînés. Histoires, mémoires et vécus tissent une manière de résister propre aux Innus. Tout simplement passionnante, cette plongée inédite dans un monde de femmes et d'hommes qui ont forgé – au prix du sang et de l'humour – l'espoir et la tendresse. Rythmé par la forêt et la résistance des ancêtres, *Eka ashate · Ne flanche pas* est fait de fragments, d'expériences, de silences. La mère-courage apprend à la narratrice, sa fille, la force de son peuple qui souffre, vit, rit et regarde demain, sereinement.

NAOMI FONTAINE est l'autrice d'une œuvre de première importance, publiée chez Mémoire d'encrier. Acclamés par la critique et traduits en une dizaine de langues, ses livres ont été adaptés au théâtre et au cinéma. Naomi Fontaine vit et écrit au sein de sa communauté à Uashat. *Eka ashate · Ne flanche pas* est son quatrième roman.

NAOMI FONTAINE

EKA ASHATE NE FLANCHE PAS

Je dédie ce livre à ma mère
Si elle n'avait pas été une reine
Je ne serais pas écrivaine

Mais Dieu a choisi les choses folles du monde pour confondre les sages ; Dieu a choisi les choses faibles du monde pour confondre les fortes ; Dieu a choisi les choses basses et méprisées du monde, celles qui ne sont rien, pour réduire à néant celles qui sont, afin que personne ne puisse faire le fier devant Dieu.

1 Corinthiens 1:27

PROLOGUE

Je voudrais dire que cette histoire sera lumineuse, forte et solide. Le bouleau du nord, le bois franc qui ne se laisse ni couper ni fendre. J'ai tant voulu écrire la résistance comme on chante le patriotisme. Des histoires de héros, de bravoure. Des chants forts interprétés a cappella qui n'ont besoin ni d'orchestre ni de cymbales. Pour faire vibrer. Les chants de la mémoire et du devoir. Des hymnes à ma culture. J'avais tant besoin que mon peuple soit invincible. Soit irréprochable. Soit dans l'extrême don de soi.

J'ai espéré que l'on ferait la leçon aux grands. Et que les philosophies de nos grands-pères soient citées, comme on cite Socrate, Aristote, Platon. Au-delà des livres d'histoire, une mémoire hautement sélective.

Je n'ai pas reçu de nos aînés ces discours que j'ai ardemment désirés.

Quand je me suis assise devant eux. Sur les divans en cuir de leur salon, sur les chaises en bois de leur cuisine, dans un coin de leur chalet, sur la galerie derrière leur maison, la vue sur la baie et l'aluminerie. Leur regard balayant la mer, les vagues des grandes marées, les clapotis de mai, la forêt d'épinettes qui n'est plus, l'odeur vide d'une cuisine propre, la télévision éteinte, notre reflet sur l'écran de télévision. Sans visiteurs, sans oreilles pour nous épier. Quand je me suis assise devant eux pour écouter les histoires du passé.

Les aînés m'ont donné des paroles tout autres. Une tout autre vision.

À tour de rôle, ils m'ont raconté l'histoire du petit.

De la petite cabane qui abrite la petite fille, ses petites sœurs, ses petits frères. Du petit amas de farine qui fera le pain sans levain. Du sable brûlé dans lequel il cuira au matin. De la soif et de la faim au creux du ventre du petit homme. De la petite pensée. Du grain d'espoir. De la brindille qui se tortille dans la neige. De la graine d'audace que la peur fait naître quand tout bouge autour de soi. Gravée là. Dans le cœur du petit homme. De la petite fille. La moindre parcelle de courage grappillée dans une avalanche d'insécurité, de doute et de mépris.

Et cette idée qui me pénètre, qu'un geste tout petit, le moindre des moindres gestes. Celui qui n'a jamais été raconté. Ni célébré. Celui qui a bercé mon enfance. C'est peut-être celui-là, le geste que je cherche à écrire.

Le geste de la résistance.

Parce qu'elle est la plus ancienne des formes d'art pratiquées sur le territoire, le chant exprime parfaitement la pensée innue et tout ce que nous considérons comme important. Autrefois, les joueurs de teuaikan chantaient leurs rêves, leurs visions. Ils imprégnaient les lieux qu'ils occupaient de leurs voix et du battement du tambour. Ainsi, ils offraient leurs prières au Créateur.

Aujourd'hui, les artistes, les musiciens, les compositeurs, les interprètes chantent dans la langue de leurs pères. Ils chantent leur résistance, leurs peines, leurs amours, leur enfance, leurs supplications, leur fierté. Le chant innu est le chemin le plus direct entre notre cœur et le vôtre.

Mishta-shashish apu uapamatan
Apu tshissenitaman eshininakushin
Ashtem tshiue, nikaui
Ashtam natuapam

Il y a longtemps que je ne t'ai pas vue
J'ai oublié les traits de ton visage
Reviens, maman
Reviens me chercher

BRYAN ANDRÉ

Je suis née de deux rivières. Ma mère est descendante des Tshemanipishtikunnuat, les Innus de la rivière Sainte-Marguerite. Mon père est descendant des Mishtashipuinnuat, les Innus de la rivière Moisie. À travers les siècles qui ont précédé la colonisation, ces deux clans ont donné naissance à deux communautés distinctes : Uashat et Apituamiss.

En 1950, le gouvernement provincial, appuyé par le gouvernement fédéral, a instauré les réserves sur tout le territoire nordique québécois. Ce territoire qui, jusqu'à cette date, avait été négligé. Trop éloigné. Trop sauvage. Lorsqu'il a instauré les nouvelles réserves, l'objectif était d'en réduire le nombre au maximum. Instinctivement, le gouvernement a fusionné la communauté de Uashat et d'Apituamiss et a créé la bande numéro 80 : Maliotenam, « la ville de Marie ». La nouvelle réserve a été construite sur un territoire qui n'était ni traditionnel ni desservi par aucune route-rivière. Le gouvernement a instauré un seul conseil de bande pour administrer ces deux clans. Un seul lieu pour les assimiler au mode de vie sédentaire.

Toutefois, les Innus, ces éternels insoumis, ont résisté à la fusion physique des deux communautés. Ils ont refusé de délaisser leur lieu de rassemblement traditionnel pour accommoder un gouvernement qui n'était pas le leur. C'est pour cette raison qu'aujourd'hui, lorsque l'on parle de là d'où je viens, on dit Uashat mak Maliotenam. Le gouvernement considère nos deux communautés comme une seule, bien qu'il existe deux villages, établis à seize kilomètres l'un de l'autre. Bien qu'il existe deux histoires, deux clans, deux rivières. Celle de mon père et celle de ma mère.

Je suis descendante de ces deux clans : les Tshemanipishtikunnuat et les Mishta-shiupiunnuat. Ceci est mon histoire.

Depuis qu'elle était toute petite, ma mère avait grandi avec une croyance : être indienne était moins bien que d'être blanche.

Cette idée était née là. Un jour de son enfance. Elle avait observé sa maison. Une cabane en mauvais état. Trop petite pour elle et ses nombreuses sœurs et ses frères. Des planches en bois que le vent et la pluie n'avaient pas épargnées. De l'herbe folle tout autour. Des arbustes pas taillés. Un bouleau chétif que son père venait de planter. Née là, quelque part, au bout du chemin qui menait à son école primaire, en passant devant les maisons des Blancs, plus belles, plus modernes, en briques et avec des clôtures tout autour.

Là, quand elle regardait son père, Nikshan, qui ne parlait pas français. Parlait très peu. Il ne s'adressait à son entourage que dans la vieille langue de la forêt. Une langue désuète, même dans la réserve. Son père avait travaillé une partie de sa vie comme menuisier, pour un salaire de misère. Maintenant qu'il fabriquait des tambours, des raquettes, il était toujours aussi pauvre. La babiche imprégnait la maison d'une odeur de cuir mouillé, impossible à aérer. Dans le sous-sol, Nikshan sculptait le bois. Des retailles de bouleau inondaient le plancher. Un fouillis. Il était vieux, s'habillait comme un vieil Indien sorti tout droit de la forêt. Avec ses mocassins longs, ses chemises à carreaux, ses pantalons usés, trop grands, qui tenaient par des bretelles. Il traînait derrière lui une odeur de Vicks, quelque chose d'ancien, de révolu. La térébenthine, le thymol, l'épinette. Une mauvaise grippe pas soignée.

Là, quand elle observait sa mère. Une femme fatiguée, brune, qui criait beaucoup. Qui ne possédait pas les bonnes manières, celles que les professeurs enseignaient à l'école. Qui ne parlait pas la bonne langue. Qui ne s'excusait jamais. Ne disait pas merci. Qui respirait fort. Une vieille femme aux cheveux courts. Toutes ses années de grossesse avaient alourdi son corps. Des couches dont il n'était plus possible de se débarrasser. La dureté de sa vie d'Indienne se lisait sur chaque trait de son visage.

Là, quand elle se comparait aux autres élèves de sa classe. Les filles blanches qui portaient des jeans neufs, qui leur allaient si bien. Leurs chemises roses, beiges ou bleu pâle. Leurs cheveux blonds parfaitement peignés par une maman qui avait du temps pour ça. Leur façon de rire. Insouciantes, confiantes. Quand elle comparait ses t-shirts usés, ses jeans raccommodés, son manteau démodé qui avait appartenu à sa sœur Caroline avant d'être le sien. Quand elle entendait les autres filles de sa classe se moquer de sa timidité, de ses lunettes rondes, de ses mitaines trouées.

Quand elle ne trouvait jamais le mot juste pour se défendre. Quand elle pleurait, confuse, seule dans les toilettes.

C'est là que cette idée était née. Avait pris racine au fond de son ventre. S'était étendue dans toute sa conscience, jusqu'à devenir une certitude. Elle en était persuadée. Ça affectait tous les domaines de sa vie, ceux qu'elle considérait comme importants : l'éducation, l'église, la maison, la nourriture, l'argent, sa manière de parler, de s'habiller, de vivre, d'être. Lorsqu'elle comparait sa situation à celle des Blancs, invariablement, elle en concluait que les Blancs étaient supérieurs.

Et tous les jours, cette croyance la faisait souffrir.

Ma mère est partie à Sherbrooke sans dire au revoir. Ni à mes sœurs, ni à mon frère, ni à moi. Ni à aucun de ses précieux petits-enfants.

Il était un temps où nous étions son bonheur. C'est comme ça qu'elle nous appelait. Elle disait :

C'est ça mon bonheur. Vous voir tous autour de moi, mamu, mes enfants, mes petits-enfants.

Et le timbre de sa voix qui se réjouissait.

Et le pétillement dans ses yeux.

Et la larme qu'elle ne pouvait pas retenir.

Nous, on la regardait, le sourire aux lèvres, comblés. Nous étions son bonheur. Nous étions importants. Nous étions ses enfants.

Déjà au début de l'été, elle nous avait annoncé qu'elle partirait fin août. Étudier dans une école biblique à Sherbrooke. Et même si à ce moment-là, je n'étais pas sa fille préférée, sa fille sans faille – l'ai-je déjà été –, je voulais qu'on souligne son départ. Un souper, une fête, un au revoir.

Elle a refusé. C'était catégorique. Elle était en colère. Amère. Personne n'était venu la visiter de tout l'été. Aucun de ses enfants ne s'était donné la peine de prendre de ses nouvelles. Pas même moi.

Cet été-là avait été rude. Après une peine de cœur à la fin de l'hiver, je me soignais tant bien que mal à coups de rouge et de blanc. J'avais rempli le vide laissé par mon ancien amoureux avec des dizaines et des dizaines de bouteilles pas chères que j'achetais au dépanneur du coin. L'alcool avait pris toute la place. Dans ma maison. Dans ma famille. Dans mon corps. Je feignais d'aller bien devant mes sœurs et mes amis. J'en étais encore capable. Mais devant elle, face au regard transperçant de ma mère, je savais que je ne le pourrais pas. Elle avait raison d'être en colère et d'avoir le sentiment d'être délaissée. D'avoir le cœur brisé. Depuis des mois, je la fuyais. Comme on fuit un miroir dans lequel on refuse de voir le reflet de son désespoir.

On a annulé la fête que nous voulions lui faire.

Elle est partie le troisième dimanche d'août. En sauvagesse. Elle est partie à douze heures de route en voiture de Uashat. Seule. Dans ce lieu où je ne pourrais pas l'atteindre. Avec ses milliers de mini-sacs de voyage. À bord de son RAV4 blanc toujours en fouillis. Ça m'a fait un choc. J'ai eu peur, je l'avoue, de me retrouver seule sans elle. Une enfant que l'on doit encore secourir. Prendre dans ses bras. Consoler.

Il était tôt.

Ce matin-là, j'ai reçu trois appels de ma tante Lisette. Trois d'affilée. Trois, ce n'est jamais bon. Trois, c'est le chant du coq. De mauvais augure.

Mais je voulais dormir, je n'ai pas répondu. Pas même la troisième fois.

C'est ma petite sœur qui m'a envoyé un texto.

Elle a écrit :

Rose-Aimée est morte.

Rose-Aimée est une de mes tantes préférées. Celle qui raconte les histoires délicieuses des uns et des autres. Qui connaît tous les ragots, toutes les conversations intimes sur l'oreiller. Rose-Aimée, elle est aussi celle qui accompagne les malades dans notre famille. Qui masse le dos du cancéreux, qui frotte les pieds du mourant. Celle qui veille la nuit quand le malade angoisse de quitter ce monde. Incertain de ce qui l'attend dans l'au-delà. Soucieux de ce qu'il laisse derrière lui. Elle est celle qui écoute les peurs et les regrets. Jusqu'au dernier souffle.

Elle, morte. D'une crise de cœur. Dans sa chambre. Seule.

Ma petite sœur a finalement réussi à rejoindre ma mère au téléphone. Elle était rendue à Baie-Trinité. Elle était partie moins tôt qu'à son habitude à cause de la pluie. Elle était à une heure et demie de distance de Uashat, quand ma petite sœur le lui a dit.

Et elle a pleuré. Ma mère. Parce que parmi ses treize sœurs, peut-être Rose-Aimée avait-elle été la plus attentive, la plus compréhensive, celle qui ne donnait pas de conseil si on ne lui en demandait pas.

Ma mère a pleuré et elle a rebroussé chemin. Pour faire comme on fait ailleurs. Dire adieu. Dire je t'ai aimée.

Parce que la mort est un lieu intransigeant, d'où il n'y a pas de retour en arrière possible. Parce que sa sœur venait de la quitter, je crois, ma mère a changé d'idée. Elle a décidé qu'elle ne partirait pas sans nous dire au revoir.

Quand je l'ai vue, le soir, elle m'a prise dans ses bras. Je l'ai prise dans mes bras, lui ai dit que j'étais triste pour Rose. Elle est restée quelques secondes là. Je suis restée quelques secondes là. J'étais neuve, effacée de tout reproche. J'avais beaucoup à lui dire. L'été avait été douloureux. J'aurais voulu lui raconter mes échecs, mon cœur brisé, une fois encore. Je voulais faire comme nous avions toujours fait dans le passé, me remettre sur ses épaules. Me réfugier dans sa chaleur. Contre sa force. Me laisser choir, une perdrix blessée. Et la laisser lécher mes plaies, elle, la maman ourse que rien n'a jamais pu ébranler. Mais elle nous quittait. Je n'ai rien dit.

Après les funérailles de sa grande sœur, ma mère est partie. Pour la première fois, seule. Pour la première fois, elle s'est choisie. Elle a choisi sa voie, sa foi, sa vie. Un petit bout de femme brune. De presque soixante ans. De tout son cœur. Partie pour quelque chose de plus grand que son bonheur, que nous. Sans promesse d'un retour hâtif.

Je l'ai regardée partir. Et j'ai compris, en la voyant partir, que j'avais besoin d'elle. Encore. Pour longtemps. Tous les jours. Jusqu'à ma mort sans doute.

J'avais trente-six ans.

Quand le pensionnat de Maliotenam a fermé
ses portes en 1971, l'école de jour lui a succédé.
Les règles n'avaient pas changé, elles étaient
les mêmes qu'au pensionnat.

Il était interdit de parler innu durant les classes.
Les professeurs blancs enseignaient leur histoire, leur
langue, leurs calculs, leurs sciences, leur religion.
Une seule chose avait changé : les élèves retournaient
à leur maison après les heures de classe.

Tshiam ma eka patshitenimu nuitsheuakan
Eshk[u] tshinuau meshkanau tshe ui pimutain
Papeikutshishikua tshika ui ishi-utinen

Ne te décourage pas mon ami
La route est encore longue devant toi
Un jour à la fois, on finit par y arriver

BILL ST-ONGE

Il y a plus de soixante ans de ça, ils étaient des enfants. Ils avaient des parents. Ils vivaient avec eux dans Nutshimit. Ils avaient une langue. Ils parlaient la langue de la forêt. Les petits garçons suivaient leurs pères dans leurs chasses, petites et grandes. Les pères leur apprenaient à s'orienter à travers les montagnes, à naviguer sur les lacs et les rivières. Sur leur territoire, Nitaunit. Certains étaient doués pour la pêche au saumon. Ils étaient habiles pour manier le harpon. Certains reconnaissaient aisément chaque courbe des portages, anticipaient les arbres à abattre. On se fiait sur leur sens de l'orientation. Ils menaient les clans. Certains étaient lents et paresseux. Il fallait les éduquer. Les petites filles imitaient leurs mères dans chacune de leurs tâches, petites et grandes. Certaines emmaillotaient des poupées sculptées dans le bois et leur chantaient des berceuses. Certaines pétrissaient le pain et surveillaient la soupe au lièvre. Certaines alimentaient le feu. Certaines allaient cueillir des œufs de goéland sur la rive. Certaines fendaient le petit bois.

Ils vivaient quelques mois par année sous les tentes. Ils vivaient quelques mois par année dans des cabanes en bois que leurs pères avaient bâties. Ils connaissaient le froid terrible de l'hiver et la douce marée de la mer en juillet. Ils connaissaient par cœur les chants du grand-père, lorsqu'il frappait le tambour et que le sol vibrait sous leurs pieds. Ils discernaient les cris du huard et de l'outarde, du phoque et des loups marins, qu'il fallait imiter pour attirer l'animal et le chasser. Chaque jour, ils apprenaient comment survivre sans la peur. Comment nourrir l'esprit et le corps. Et lorsqu'ils étaient fatigués de la marche et du portage, leurs corps d'enfant à bout de force, c'est sur les épaules de leurs pères, dans les bras de leurs mères, qu'ils fermaient les yeux, quelques instants. Pour sentir la chaleur de leurs peaux, le rythme de leurs cœurs, leurs souffles sur leurs joues. Et ils retrouvaient l'énergie de marcher à nouveau.

Ils avaient des parents. Mais ils ont vécu en orphelins. Ils ont été abandonnés. Ils ont regardé leurs parents, impuissants, les abandonner. Ils les ont quittés sans savoir où ils allaient. Ils ont eu peur dès qu'ils les ont quittés. Ils ont été amenés dans un pensionnat. C'était à Maliotenam, le village tout juste construit.

Ils ont été séparés de leurs frères, de leurs sœurs, dès qu'ils ont mis les pieds au pensionnat. Certains n'ont revu leurs frères que des mois après leur internat. Certains les ont croisés dans la grande salle à manger, sans pouvoir leur parler, leur dire qu'ils s'ennuyaient de leurs parents. Ils voulaient savoir s'ils se souvenaient de la légende que leur grand-père avait racontée sous la tente et qui les aidait à s'endormir quand il faisait noir. Parce qu'ils n'arrivaient plus à dormir. Certaines partageaient le même dortoir que leurs sœurs. Certaines murmuraient la légende du grand-père à tour de rôle, l'une bordant l'autre, l'autre bordant sa sœur. Certains étaient trop petits, ils ne connaissaient pas la légende.

Ils ont eu peur dès qu'ils ont posé le pied au pensionnat. La peur était partout autour d'eux. Les cris. Les menaces. La peur les envahissait dès qu'ils se levaient le matin pour faire leurs lits. Jusqu'à ce qu'ils les défassent le soir pour se coucher. Même la nuit, certains continuaient à avoir peur. Certains ne connaissaient pas le repos. Certains pleuraient sans cesse tant ils avaient peur. Certains étaient réveillés en pleine nuit pour être battus. Certains étaient réveillés en pleine nuit pour être violés. Tous savaient ce qui se passait la nuit. Certains le subissaient. Ceux-là ne parlaient jamais. Leurs regards étaient éteints. La peur laissait place à la distance. La distance entre le corps et l'âme. Certains y ont laissé leur âme. Certains ne sont jamais ressortis d'entre ces quatre murs.

Ils mangeaient très peu. Ils mangeaient des aliments sans saveur qui à peine contentaient leurs ventres affamés. Certains allaient se nourrir en cachette dans les bacs à poubelles derrière le réfectoire. Certains étaient malades parce qu'ils digéraient mal cette nourriture. Ils pensaient souvent au goût de la bannique chaude que leurs mères leur servaient avec de la confiture de bleuets. Ils pensaient au goût du saumon fumé et de l'outarde mijotée. Ils auraient tout donné pour une bouchée de viande de caribou saisie dans la graisse et arrosée avec du thé. Certains ne se sont jamais habitués à la nouvelle alimentation. Certains ont eu des cancers à un âge peu avancé. Certains ont traîné des diarrhées, des maux d'estomac, des troubles alimentaires toute leur vie. Quand ils sont sortis du pensionnat, certains ont mangé sans relâche. Ils ont avalé tout ce qui était sucré, gras et bon au goût. Ils ont fait du diabète, des crises de foie, des insuffisances rénales. Et ils ont tout de même continué à dévorer tout ce dont ils avaient envie. Leur faim n'a jamais été rassasiée.

Ils vivaient en étrangers, emmurés et innocents. Ce sont les prêtres et les bonnes sœurs qui les éduquaient. Qui les éduquaient dans leur langue, dans leurs coutumes, dans leurs croyances à eux. Ils étaient contraints de les imiter, en toute chose. À dénigrer tout ce qu'ils avaient appris de leurs parents.

Souvent, ils ne comprenaient pas ce que les prêtres et les bonnes sœurs attendaient d'eux. Et même lorsqu'ils essayaient de poser le bon geste, de donner la réponse juste, une claque au visage, un coup de baguette de bois sur les cuisses, imprévisibles, leur rappelaient qu'ils n'y arriveraient jamais. La peur les maintenait en vie. Elle les dirigeait. Certains refusaient de se soumettre. Certains étaient punis tous les jours. Certains étaient enfermés dans des caves et des endroits sombres. Sans nourriture. Sans lumière. Sans chaleur. Jusqu'à ce qu'ils acceptent de se soumettre. Certains ne se sont jamais soumis. Certains se sont enfuis. Par la fenêtre du caveau. En plein hiver. Un soir de tempête. Ils se sont perdus. Certains ont préféré mourir de froid plutôt que de retourner dans ce lieu ténébreux, sombre, dépourvu de chaleur et de lumière.

Ils comprenaient que quelque chose devait être changé à l'intérieur d'eux. Une tare, une marque, une impureté. Ils ne pouvaient pas la nommer. Mais ils savaient que, dans leur être, quelque chose était méprisé. Les prêtres leur ont coupé les cheveux. Ils les ont habillés d'une robe et d'un veston. Leur ont mis des chaussures dures, des bas blancs. Leur ont appris leur langue. Ils mangeaient avec des fourchettes en faisant très attention à ne pas salir leurs vêtements. Ils apprenaient à lire et à écrire avec des crayons et des feuilles de papier blanc. Ils suivaient l'horaire chargé des classes, des repas, des couchers. Ils allaient à la messe tous les jours. Ils récitaient les prières apprises par cœur. Ils ne faisaient rien de ce qu'ils avaient toujours fait dans la forêt. Rien de ce que leur avaient appris leurs parents. Rien de ce qu'ils les avaient vus faire tous les hivers, tous les étés. Mais ils étaient encore méprisés.

Ils ont compris que ce qui était méprisable ne devait pas être quelque chose qu'ils faisaient. Ce devait être quelque chose qu'ils étaient. Ils devaient être fondamentalement mauvais. Ils ont commencé à se mépriser les uns les autres. À se mépriser eux-mêmes. À mépriser leurs parents qui les avaient conçus ainsi. Ils ont maudit Dieu qui les avait créés.

À la fin des interminables années de pensionnat, certains sont retournés dans leur village. L'hiver avait passé. Les années avaient été volées. Les liens dissolus. Ils n'ont pas reconnu leurs parents. Ni leurs rues ni leurs maisons. Tout avait changé. Leurs pères étaient devenus des étrangers.

Leurs chemins de terre, les raccourcis qu'ils prenaient pour aller à la rivière ne menaient plus qu'à des usines de bois, des chantiers de bûcherons et des mines de fer. Les cabanes qu'ils habitaient quelques mois par année avaient été détruites. Remplacées par des maisons que leurs mères ne savaient pas tenir en ordre. Leurs parents passaient leurs journées sous des tentes qu'ils avaient installées derrière ces maisons. C'est là qu'ils se rassemblaient, qu'ils s'enivraient jusqu'aux petites heures du matin.

Ils avaient beaucoup de reproches, beaucoup de colère en eux. Ils avaient souffert. Leurs corps étaient meurtris. La honte se lisait sur leurs visages. La douleur était perceptible dans chacun de leurs gestes. Ils brûlaient de crier leur rage. Briser les murs de la maison neuve. Casser les vitres. Pleurer. De toutes leurs forces. Quand ils ont vu leurs parents aussi démunis qu'ils l'étaient, ils ont choisi de garder le silence.

Ils ont gardé le silence durant plus d'un demi-siècle.

Le silence. Eka takuaki aimuna. Quand il n'y a pas de mots.

C'est le silence qui les a tués.

C'était un hiver aride. Un hiver arctique. Comme il en survient parfois sans qu'aucun printemps ne l'ait annoncé. Qui frappe, sans égard, les abris de fortune et les familles en portage. À l'intérieur des terres, à une centaine de milles de la mer, au centre de Nutshimit. C'était un hiver glacé, quand la peau des joues et du nez rougit et bleuit. Se durcit. Crée une croûte à la surface. Le froid si froid qu'il brûle.

Le froid si froid qu'il devient visible. Maten. La brume d'hiver qui s'élève des lacs gelés. Qui force les animaux à rester dans leur tanière. Cachés sous les amas de branches, isolés par la neige. Alertés par leur instinct de survie. Maigres et affaiblis. Immobiles.

Le froid si froid que Pien doit rester sous la tente de longues heures. Près du feu. Par crainte de mourir gelé dans cet épais vent du Nord qui dure des semaines. Si ce n'est le court temps de bûcher. De puiser de l'eau. Les mains dans la glace. Il espère croiser au hasard une loutre, un renard, une martre, un lièvre, une perdrix folle. Le père armé en désespoir.

Sous la tente depuis des jours, recroquevillée près de sa mère Mishtanuass, Shunien se demande quand ils pourront repartir. Elle ne connaissait pas ce froid avant de l'avoir vécu. Et la faim qu'il a engendrée au creux de son petit ventre rond. Une faim qui s'installe avec fureur, qui tenaille pendant des heures, que l'on supporte, avec souffrance, depuis des jours.

La petite prie en silence. Elle supplie le Créateur de faire venir un vent doux près de la tente. Elle ne pleure pas. Elle n'en a pas la force. Elle a les yeux cernés, les lèvres closes, gercées. Elle s'endort. Profondément.

C'est la chaleur d'une gorgée de soupe qui la tire de sa demi-mort. Sa mère la nourrit à la cuillère. Un bébé pas encore sevré. Elle avale tranquillement. C'est bon. Son corps en redemande. Sa mère lui donne exactement la quantité qu'il faut pour qu'elle ne vomisse pas le bouillon. Exactement ce que son ventre peut avaler. Le bouillon de deux perdrix pour une famille entière.

Devenue très vieille, quand Shunien ferme les yeux, parfois elle se souvient. Le froid terrible. Le ventre vide. La douleur à laquelle le corps s'habitue, sauvagement. Jusqu'à ne plus prétendre à rien. L'espoir qui s'éteint. Et la mort. Comme une évidence.

Personne ne peut comprendre. Ni ses garçons qui lui reprochent de ne pas les avoir amenés en forêt. D'avoir passé tous leurs hivers dans la cabane en bois sur la rue de l'Église à Maliotenam. Ni ses petites-filles qui lui quémandent des histoires de leur grand-père. Personne.

La vieille Shunien a rempli son congélateur de viandes achetées à l'épicerie et de ce que ses petits-fils ont chassé durant l'automne. Parce qu'elle se souvient. Le froid si froid. Les engelures sur les mains de son père. La faim. La famine. La douleur dans son ventre. Et cette presque mort, qui la hante. Qui la harcèle. Si son corps a survécu, son âme, elle, est affectée. Personne ne sait cette douleur, sauf elle. Gravée là, dans son petit corps d'enfant.

La mère de Shanny ne s'est jamais plainte de son quotidien. Tous les jours, elle chauffe l'eau pour le bain de ses frères, de ses sœurs. Elle leur lave les cheveux pour qu'ils n'attrapent pas de poux. Pour que les bonnes sœurs n'aient pas à se plaindre d'eux. Elle leur frotte les pieds et les oreilles avec le savon jaune bon marché. Elle chauffe l'eau pour la lessive. Pour la cuisine, pour la vaisselle. Sa mère n'a jamais dit : je ne ferai pas ceci parce que je trouve ce travail trop pénible. Elle nettoie sa maison, s'occupe des repas, déplume les outardes, les brûle derrière la maison, chauffe le poêle pour préparer le souper de la famille, va chercher l'eau à l'aqueduc, revient à bout de souffle, la sueur qui perle sur son front. Jamais Shanny n'a entendu sa mère dire : je n'ai pas l'énergie pour effectuer telle tâche. Elle coud les mocassins, tricote les tuques, rapièce les mitaines trouées, raccommode les couvertures de laine, patche les pantalons usés et repasse les chemises lors des grandes occasions. De ses petites mains agiles et usées, elle transforme un tissu déchiré en un vêtement neuf et solide.

Dans son foyer, personne ne l'a jamais entendue dire : je suis fatiguée ce matin, je ne ferai rien.

Tous les jours, elle fait bouillir le thé pour son mari. Elle sert le gruau et les rôties. Elle boulange son pain. Elle paie le laitier. Elle s'assure qu'il y ait du beurre et du sucre, de la confiture de bleuets et de graines rouges. Elle dresse la table. Elle veut que tous ses enfants aient le ventre plein avant de se rendre à l'école. Elle les entend passer la porte. Et elle continue sa besogne, satisfaite.

Shunien, la mère de Shanny, est la mère de dix-sept enfants.

Déjà quand il était enfant, Bass savait qu'il n'existait pas de meilleur chasseur que son père. Il l'avait dit à son meilleur ami Putu. Putu avait émis des doutes. Bass avait juré sur la tête de sa grand-mère Kueta. Ça avait convaincu Putu. Quand on jurait sur la tête de sa grand-mère, soit c'était indiscutable, soit on était le plus grand menteur de Uashat et Maliotenam réunis.

Quand il a eu neuf ans, Bass est parti avec son père pour quelques semaines sur leur territoire de trappe. Au nord de Sept-Îles. Au bout du chemin de fer. Près de Schefferville.

Maxime était trappeur. Avant de devenir charpentier. Avant de construire les édifices qui formeraient la nouvelle ville de Sept-Îles, l'hôtel des Mouettes, les Galeries montagnaises et les rues de Uashat, le père de Bass trappait. Il trappait le uapishtan pour la fourrure. Les fourrures de martres se vendaient encore à bon prix. Il faisait tout lui-même. Dépecer l'animal, nettoyer la peau, la tanner. Lorsqu'il revenait de Nutshimit, le sac de toile plein de fourrures prêtes à être vendues, c'était la fête dans la maison de Bass. Ils savaient qu'ils mangeraient bien durant des semaines.

Son père était riche, comme on pouvait être riche et indien au tournant des années 1950.

En ce début d'automne, le père de Bass avait bon espoir de trapper autant de martres que nécessaire pour subvenir aux besoins de sa famille. Sa connaissance du territoire, son agilité et sa clairvoyance étaient ses outils.

Dès la première journée, ils avaient fait à pied et en canot le tour de son territoire. Posé des dizaines de pièges. Bass avait suivi les grandes enjambées de son père durant tout l'avant-midi. Puis, il s'était endormi, fatigué, dans le canot. Une toile épaisse et lourde sur son corps presque adolescent.

Maxime, content de sa première journée, avait ramé doucement pendant le retour au campement. Avait laissé dormir son fils. Humant l'air frais et le silence.

Malheureusement, cette plénitude n'a duré que quelques heures. À l'aube, l'heure des chasseurs, le père a réalisé qu'il y avait un autre prédateur sur son territoire. Un loup chasseur de martres.

Les loups sont des animaux très intelligents. Leur hiérarchie, leur capacité à vivre en meute, leurs gènes font d'eux de très habiles chasseurs. Il arrive qu'ils surpassent les humains en s'appropriant leurs chasses et leurs efforts quotidiens.

C'est ce qui est arrivé au père de Bass. Un loup effronté et malicieux l'épiait. Il rôdait près de sa tente. Le suivait jusqu'au centre du territoire. Guettant le repos du guerrier pour récolter ce qu'il n'avait pas semé.

Lorsque le père a compris que ses trappes étaient volées par ce loup, il a commencé à le chasser.

D'abord, il l'a attendu avec son fusil armé, des heures devant ses pièges. Et même lorsque les uapishtan se sont pointés et qu'ils se sont fait prendre dans ses pièges, il a continué à attendre. Mais c'était sous-estimer l'intelligence du loup. Après une journée entière, le loup n'était pas venu. Maxime était furieux d'avoir perdu son temps.

Le lendemain. Le surlendemain, il a récidivé. Trappant au bas de petites collines, posté tout en haut, là où le loup ne pourrait ni le voir ni le sentir. Camouflant ses habits et son odeur. Mais le loup rusé ne venait que lorsque le père partait, au crépuscule. Peut-être se tenait-il lui aussi en haut d'une colline d'où il pouvait voir le chasseur se camoufler pour le surprendre. C'était un véritable bras de fer.

Maxime, qui ne pouvait pas échouer, car il devait nourrir sa famille, a eu une idée. Le quatrième matin, il est allé cueillir des baies près de la tente. De ces petits fruits rouges à peine gelés qui s'agrippent aux branches, qui nourrissent les oiseaux. Il a rempli une chaudière. Le fils se demandait ce qu'il magouillait. Le père a pris les petits fruits, les a mis dans une jarre en verre. Y a ajouté du sucre et de l'eau bouillante. Il a pilé le tout avec une fourchette jusqu'à ce que ça donne une sorte de confiture. Il a ajouté de la levure, celle qu'on utilise pour faire du pain. Il a fermé la jarre et a brassé une dernière fois son mélange avant de le déposer dans un coin de la tente, à l'autre extrémité du poêle à bois.

Le fils a pensé :

Ah ! il va attirer le loup avec sa confiture et il pourra le tuer.

Mais ce n'était pas tout.

Il a laissé la jarre là durant six jours. Chaque matin, il l'ouvrait, y trempait un doigt et faisait une grimace d'insatisfaction.

Le sixième jour, en y goûtant, son visage s'est éclairé. Il a pris la jarre dans une main, de la chair de uapishtan dans l'autre et il a dit :

Asthem.

L'enfant l'a suivi. Impatient de voir l'exécution du plan.

Il a vu son père prendre la chair de l'animal, l'enduire de sa potion. Il en a mis à la pelletée. Et il a recommencé plusieurs fois. Plaçant les appâts autour de leur tente. Le jeune se disait en lui-même que si le loup était aussi futé qu'ils l'avaient constaté, il ne se risquerait jamais si près du campement. Mais son père semblait si confiant. Pas l'ombre d'un doute sur son visage.

Son père a dit :

Maintenant, nous allons attendre dans la tente.

Une fois encore, le fils ne comprenait pas l'excitation. Tout ce stratagème pour être enfermés dans une tente et ne pas pouvoir voir le loup quand il viendrait se nourrir des appâts, à moins d'une centaine de mètres. Et comment feraient-ils pour le tuer ? Il trouvait l'idée absurde.

Ils ont attendu sous la tente. Ce moment lui a paru durer des heures. Son père était excité. Il se frottait les mains sans cesse et il lui répétait :

Tu vas voir.

Et c'est arrivé. Ils l'ont entendu. Au départ, comme un aboiement. Un grognement de lamentation. Puis de plus en plus fort. Le loup a hurlé. Son père a pris son fusil et s'est précipité à l'extérieur. Le fils est sorti derrière lui.

Le loup n'était plus qu'à une dizaine de mètres de la tente.

Il hurlait en plein jour en titubant. Il était complètement ivre. Se lamentait. Incapable de prendre la fuite.

Maxime a regardé son adversaire et lui a tiré un coup à la tête. Le loup s'est effondré. Le chasseur a attendu qu'il soit totalement inerte pour s'approcher de l'animal. Il a tâté ses membres avec la crosse de son fusil. Le loup était mort.

Le père l'a dépecé sans cri de victoire. Il a nettoyé sa peau. Il a fait une prière au Créateur en laissant les boyaux et les organes là où il l'avait tué. Il a gardé la fourrure pour sa femme Katinin qui serait heureuse d'avoir du loup pour fabriquer des mitaines.

Dès le lendemain, la chasse a repris. Le père a ramené une dizaine de peaux de martres tous les jours qui ont suivi. Après seulement quinze jours, leurs bagages étaient pleins. Ils ont repris le train pour retourner à la maison.

Tout de même, Bass sentait qu'il y avait dans le cœur de son père des regrets, celui d'avoir tué un animal aussi intelligent. Il avait dû le faire pour les nourrir, lui, ses sœurs et son frère. Il a pensé que si ça n'avait pas été le cas, son père aurait laissé vivre le loup.

On ne tue pas l'animal qui nous pousse à réfléchir autrement. On ne tue pas son adversaire, même s'il y a des risques de perdre contre lui. Qu'il soit loup ou tout autre vivant, on ne tue pas un être que l'on respecte.

Minaikuss a commencé à fréquenter le pensionnat de Maliotenam à huit ans. Avant ça, elle avait toujours suivi sa mère et son père sur la route de la rivière. Ses sœurs et ses frères aînés étaient partis pour le pensionnat dès l'âge obligé, à cinq ans. Mais elle était la cadette de son père Antane. Son père avait dit à sa femme que leur bébé n'irait pas au pensionnat. Blandine craignait les représailles. L'autorité des hommes religieux l'avait toujours terrorisée. Quand ils prêchaient en chaire, dans leurs habits noirs, l'écho de leurs voix sur les murs de l'église. Même en vieillissant, Blandine avait gardé une sainte peur de l'Église. Elle avait tenté de convaincre son homme. De lui dire qu'il valait mieux se soumettre. Qu'ils reverraient leur petite fille au début de l'été. C'était peine perdue.

Antane, âgé de trente-cinq ans, n'était pas né de la dernière lune. Il maîtrisait bien la lecture et l'écriture. Son travail de commissionnaire auprès du gouvernement lui avait appris tous les engrenages du ministère des Affaires indiennes. Il avait défié la loi à quelques reprises depuis ses vingt ans, au grand désespoir de sa femme. Pour défendre sa chasse. Pour défendre sa pêche. Pour défendre son territoire. Maintenant, il était prêt à défier la loi pour défendre son enfant, son bébé. Après tout, quel bureaucrate du gouvernement le poursuivrait jusque dans le cœur de la forêt ? Juste l'idée le faisait sourire.

À la fin août, Minaikuss a dit au revoir à ses sœurs et frères, a pris place dans le canot fabriqué par son père, sur la couverture en toile que sa mère avait placée à ses pieds, et elle a suivi le large courant de la rivière Mishta-Shipu, entrecoupé des portages courts et longs.

Le soir sous la tente, Antane enseignait à sa fille la lecture et l'écriture. Il l'éduquait sur les légendes de Tshakapesh, le héros innu, mi-animal, mi-végétal. Il l'éduquait sur les gestes de l'autonomie dans Nutshimit. Il l'éduquait comme un homme, dans les astuces de la chasse, de la pêche, du campement. Parfois sa femme le reprenait. Elle disait :

Arrête de lui apprendre les tâches des hommes. Elle ne voudra jamais se marier !

Et il répondait, fier :

Elle n'aura pas besoin de mari. Jamais. Et si elle en veut un, elle n'aura qu'à se servir.

Ça faisait grimacer sa femme. Tandis qu'Antane éclatait de rire.

Un soir tôt dans le printemps, Minaikuss était couchée sous la tente. Elle a entendu ses parents discuter. Ils semblaient inquiets. Apparemment un groupe de bûcherons pas loin de leur campement mouraient de faim. Un camp entier. Son père argumentait sur la nécessité de leur venir en aide. Sa mère hésitait. Son dilemme était qu'ils étaient

Blancs, et qu'elle et Antane défiaient la loi en amenant leur grande fille de huit ans sur le territoire. Ces hommes allaient-ils les dénoncer? Peut-être finiraient-ils tous en prison. Comment leur faire confiance? Mais Antane était catégorique :

Et si c'était notre famille. Ton père et tes frères en train de mourir de faim. Ne voudrais-tu pas que quelqu'un leur vienne en aide?

Sa femme a dit :

Tu as bon cœur, Antane. Mais tout le monde n'a pas ton cœur.

Une journée de marche plus tard, ils sont arrivés au campement de bûcherons. Blandine avait décidé de rester en retrait. Ce n'était pas un manque de respect. Plutôt, elle avait prévu se sauver en trombe si les bûcherons blancs, en voyant leur grande fille, devenaient suspicieux. La méfiance de son cœur, même devant la générosité de son mari, dictait tous ses gestes.

Antane avait amené de la viande de caribou, de la confiture de graines rouges, de la bannique et la chair de quatre perdrix fraîchement tuées à offrir aux hommes affamés. Il a ravivé le feu mourant, il a réchauffé le thé et les a nourris, sans cérémonie.

Ils étaient reconnaissants. Minaikuss, assise aux pieds de sa mère, observait la scène. À huit ans, on ne comprend pas tout. Mais on comprend la mort. La peur de la mort. Le geste qui nourrit. Qui sauve la vie.

Antane a rejoint sa femme et sa fille. Blandine lui a demandé :

Et ? Qu'est-ce qu'ils ont dit ?

Antane a répondu, satisfait :

Ils m'ont dit que, depuis des jours, ils supplient Dieu pour que quelqu'un vienne les aider. Et ma femme, c'est nous qui sommes venus.

Il avait fallu beaucoup de cran à ma grand-mère Marie-Marthe pour aller voir son père ce jour-là. Elle se répétait en elle-même les paroles qu'elle lui dirait pour tenter d'avoir sa bénédiction. Elle a marché d'un pas décidé vers la maison de son enfance, même si au-dedans d'elle, elle tremblait.

Un soir de mai, dans la pénombre d'une cuisine désordonnée, les femmes de Uashat et de Maliotenam l'avaient rencontrée en secret. Il y avait là, assise sur la chaise berçante, la vieille Shunien. À côté sur un tabouret en bois, sa bonne amie Shanny, toujours disposée à servir du thé à sa mère très âgée. Depuis peu, Minaikuss s'était jointe à elles. La fille de l'ancien chef avait le mot juste pour rehausser les conversations. Marie-Marthe n'avait pas envisagé ce qu'elles s'apprêtaient à lui proposer.

Bien sûr, elle avait assisté à toutes les rencontres dans cette cuisine. Ces femmes cherchaient des solutions pour brasser les choses au conseil de bande. Donner une voix plus importante à l'une des leurs, travailler pour les familles, reconstruire la communauté. Marie-Marthe s'était même surprise à y prendre goût. Mon grand-père, Pashkui, avait un esprit plus entrepreneur que politique. C'est elle qui, le soir sur l'oreiller, rapportait les faits détaillés des réunions du conseil. Son mari voyait son engouement. Ne la décourageait pas.

Marie-Marthe a été la première surprise de l'offre que les femmes lui tendaient. Elles souhaitaient qu'elle les représente au sein du conseil de bande. Elles lui promettaient toutes leur vote et une campagne qu'elles mèneraient au front pour la soutenir. Shunien avait insisté doucement en lui prenant la main. C'était un appui de taille.

Ma grand-mère n'avait pas réalisé l'impact de ses paroles ni de ses idées sur son groupe de femmes. La plupart étaient plus âgées qu'elle. Possédaient une force de caractère qu'elle leur enviait. Elles étaient plus matures et pratiquaient davantage les traditions. Il lui semblait qu'elles avaient beaucoup plus à offrir à la communauté qu'elle-même. Âgée de quarante ans, ma grand-mère avait passé sa vie à élever ses dix enfants. Mon père était l'aîné. Depuis quelques années, elle enseignait à l'école primaire aux classes de maternelle. Elle n'avait ni diplôme ni expérience de gestionnaire. De tout ce qu'elle avait acquis comme compétences, sa science se résumait à prendre soin des plus petits.

Comme chacune de ces femmes, Marie-Marthe se nourrissait d'espoir. Elle ne pouvait se résoudre à rester muette et immobile. Comme chacune d'elles, Marie-Marthe avait vu les liens de sa communauté se dégrader. Les enfants laissés à eux-mêmes. Les parents ne sachant plus comment élever leurs enfants, ayant été éduqués par des étrangers au pensionnat. Le cercle solide de la famille s'effriter et se rompre. Comme chacune d'elles, elle espérait un vent de changement. Un souffle nouveau. Un rappel de ce qu'avaient été les liens familiaux des Innus, dans l'autrefois, dans Nutshimit. Et comme chacune d'elles, elle savait que, lorsqu'une femme se lève, c'est toute une famille qui se tient debout. La proposition l'avait prise par surprise. Elle leur a répondu qu'elle consulterait son mari avant de prendre sa décision.

Toutefois, l'impulsion de son cœur l'a dirigée tout droit vers la maison de son père, le vieux Wallace. Elle était persuadée qu'il serait celui qui la conseillerait le mieux, en toute clairvoyance. Son premier pourvoyeur.

Dans un élan, Marie-Marthe a tout exposé à son père. Ses ambitions. Ses idéaux. Ses rêves pour la communauté. Sans rien dissimuler. Ses craintes. Son manque d'expérience. Devant lui, elle ne pouvait être qu'elle-même, ambitieuse et vulnérable. La fille qu'il avait élevée. Puis elle lui a demandé. Elle lui a dit :

Nuta, crois-tu que je peux le faire ?

Son père avait confiance en elle. Il l'aimait. Pour ça il a répondu :

Ma fille, je crois que tu peux le faire.

Il a pris son temps.

Mais laisse-moi te dire la vérité. Cette voie dans laquelle tu t'engages est la plus dure, la plus indéfendable, la plus vile. Le système a changé. Il est désormais contre nos valeurs, contre nos traditions. La loi sur les Indiens, le conseil de bande, les réserves, tout ça n'a jamais fait partie de nos traditions. Dans ce nouveau monde politique, il y a beaucoup de crapules, de menteurs, de profiteurs. Et même si tu réussis à ne pas te salir les mains, à rester droite dans tes décisions, toujours il y aura des gens pour te mépriser, et le nombre de ceux qui reconnaîtront ton travail sera toujours très petit. Tu le sais, je n'aime pas la politique qui s'est imposée dans notre communauté.

Elle est repartie le cœur lourd des paroles de son père.

Le lendemain, sa décision était prise.

Elle se présenterait comme candidate pour être conseillère au Conseil de Bande de Uashat mak Maliotenam. Et même si elle était morte de peur devant cette responsabilité. Et même si, en entendant les paroles de son père, elle s'était mise à douter de la valeur de cette politique qui n'était pas la leur. Même si elle n'avait pas encore toutes les compétences nécessaires pour ce travail. Elle devait essayer. Elle tenterait de redonner à sa communauté les valeurs familiales qu'elle chérissait. De la seule manière dont elle savait le faire : en prenant soin des plus petits.

Après tout, son père ne lui avait pas dit de ne pas se présenter. Au contraire. Il l'avait mise en garde. Comme toujours il l'avait fait. Des dangers potentiels. De la corruptibilité de son âme. Des attentes irréalistes. C'est ainsi qu'il était, le vieux Wallace. Ainsi qu'il avait toujours pris soin de ses filles. En les avertissant des déroutes. En les laissant libres de choisir. En semant en elles la confiance nécessaire pour les grandes responsabilités. Celles pour lesquelles il les avait préparées.

Ma mère avait seize ans la première fois qu'elle s'est rebellée contre l'éducation de ses parents. Personne ne se serait douté que la jeune adolescente douce et discrète oserait une telle confrontation. Elle qui ne fréquentait pas les garçons. Elle dont le seul rôle dans la famille était de faire rire ses sœurs plus âgées. Elle qui restait le soir à la maison pour tricoter.

Sa mère, Alice, était une femme terrible. Dans sa force, son caractère, sa carrure. Elle était tout l'opposé de la mère que l'on célèbre aujourd'hui : conciliante, à l'écoute, attentionnée. Sa mère, ma grand-mère, était inflexible, seule sa voix comptait. Elle contrôlait tout. Quand Alice disait que les choses devaient être ainsi, c'est ainsi que les choses se faisaient. Elle était intransigeante. Comme l'était son quotidien. Comme l'était Nutshimit dans lequel elle était née. Comme l'était la réserve dans laquelle elle était contrainte de fonder son foyer.

Alice avait mis au monde dix-neuf enfants, quinze étaient vivants. Quatre étaient morts à la naissance. Quatre garçons. Il lui était resté deux garçons et treize filles. Quinze enfants à éduquer, à rendre autonomes, à garder en vie. Je conçois que c'était une lourde tâche, une tâche impossible. Où trouve-t-on la force nécessaire pour élever quinze enfants. Dans la modernité qu'elle apprivoisait à peine. Dans cette société où elle-même n'était pas reconnue, ni sa langue, ni ses compétences, ni son intelligence. Devant l'impossible elle s'est résolue à l'indispensable. Nourrir le corps, enseigner la foi catholique comme on le lui avait prescrit et exiger de chacun de ses enfants un acharnement quotidien au travail.

J'ignore dans quelle parcelle de sa petite âme réservée ma mère a trouvé le courage de commencer à fréquenter une église protestante. À cette époque, renier la religion catholique était une des décisions les plus graves que l'on pouvait prendre. Ce n'était même pas une fenêtre entrouverte. Ce n'était pas permis. C'était l'excommunication. Un chemin vers la géhenne et les flammes éternelles. Pire. C'était l'auto-exclusion de sa communauté, de sa propre famille.

Mais elle l'a fait. Un mouvement désespéré vers le dehors. Cet endroit inconnu. Quittant la confortable certitude de ses parents. Résistant contre leur autorité. Ma mère savait que c'était grave. Elle connaissait les conséquences de ses actes. Toute sa vie elle avait grandi à l'ombre des chapelets, des messes, des premières communions, des statues de Marie, des crucifix, des prêtres.

Que cherchait-elle ? Qu'avait-elle à prouver à elle-même ? Aux autres ? Lorsque je réfléchis à ces deux courants du christianisme, le catholicisme et le protestantisme, je constate qu'il y a beaucoup plus de points en commun que de contraires. Dans la pratique de la foi, bien sûr, les rites sont différents, mais je ne parviens pas à les mettre en opposition.

Ma grand-mère et ma mère avaient une vision différente de la mienne. Alice, dans sa première année de jeune mariée, désirait n'avoir que deux enfants. Elle en avait parlé à mon grand-père et il avait approuvé. Moins de bouches à nourrir. Plus de temps pour eux. Ça semblait être une bonne idée. En revanche, l'Église poussait les femmes à enfanter au-delà de la limite raisonnable. Les menaces du prêtre l'avaient convaincue de ne jamais mettre un frein à la famille. Dix-neuf grossesses plus tard, elle pouvait se targuer de s'être soumise à Dieu de façon exemplaire. Alice était ce genre de croyante. Fervente pratiquante. De sa vingtaine d'années passées dans Nutshimit, elle avait appris la crainte. La crainte d'un Dieu juste. Elle avait entendu tant d'histoires d'hommes et de femmes qui avaient agi selon leur convoitise, quitte à faire du mal aux autres, aux animaux, à eux-mêmes. Et comment Dieu les avait punis. Maintenant qu'elle subissait la pauvreté, la dureté et les injustices au quotidien, l'espérance d'une vie meilleure dans un paradis sans larmes et sans souffrances n'était pas une promesse insignifiante. Et s'il fallait, pour atteindre cette vie, mettre en péril la sienne, elle s'y était engagée, férocement, comme la femme qu'elle était. Lorsqu'on sacrifie son corps plus d'un quart de siècle, il n'y a plus de fenêtre ouverte sur le doute. La religion n'est plus une croyance, elle devient l'absolu. La seule vérité qui existe. Un dogme.

Et c'est contre cette terrible ferveur que ma jeune mère, pas encore adulte, a protesté. Il y a un portrait d'elle accroché dans le couloir de ma maison, entre la cuisine et le bureau. Elle est très jeune. Dix-huit ans à peine. Elle porte une chemise blanche aux manches larges, légère. Un jumper beige et des sandales à lanières en cuir brun qui ressemblent à celles que j'avais achetées dans une boutique luxueuse à Andorre. Elle a une coupe au carré avec un toupet carré. Ça encadre son visage qui est rond, aux joues dont j'ai hérité. Pour une rare fois, elle ne porte pas de lunettes. Elle est debout, légèrement appuyée sur le capot d'une voiture noire. Sur le capot, il y a mon grand frère, bébé, à peine deux mois de vie, il est tout en blanc lui aussi. Son bonnet et son pyjama. Sa couverture et ses chaussettes. Tout en blanc mis à part la couleur de sa peau.

Le portrait a été pris durant une fin de semaine d'évangélisation que son église locale avait organisée. Ma mère ne sourit pas. Elle fixe l'objectif. Un regard sans détour. D'une rare détermination. Le legs d'Alice. Un regard que je trouve somptueux.

Mon grand-père Nikshan adorait écouter cette chanson. Il ne dansait pas lors des mariages. Il ne chantait pas pour se donner en spectacle. Dans le coin de la salle communautaire Kamamukan, pendant qu'il était assis sur sa chaise, quelques Labatt 50 dans le corps, cette chanson lui tirait immanquablement les larmes des yeux.

Le jour de mon mariage, dans les bras de mon amoureux, c'est sur cette chanson que je danserai ma première danse.

Tshe uitsheuin tshiueian
Tshe uitamatan menuatitan
Nimamitunenimauat tshitauassiminuat
Kie nishatshiauat

Viens avec moi sur le chemin du retour
Je te dirai que je t'aime
Que je pense à nos enfants
Combien je les aime

ASTHUK GRÉGOIRE

Mitshapeu est le patriarche de nombreuses familles de Maliotenam. Il serait possible de rassembler toute sa descendance dans la grande salle communautaire Teuaikan. Elle serait pleine à craquer. Il y aurait des tables installées jusque dans le stationnement. Il y aurait des rires et des embrassades, jusqu'à tard dans la nuit. Il y aurait des mots d'honneur pour l'homme qu'il a été.

À l'âge de vingt ans, Mitshapeu était tombé amoureux. Comme un fou. D'une belle à la peau foncée. Kueta avait tout pour le séduire. Tout ce dont il rêvait. Ses cheveux noirs, épais, son rire, sa démarche détendue, sa silhouette, grande, sa force de caractère, le charme fou de son regard un instant posé sur lui. Il était amoureux.

Misthapeu le lui avait déclaré. Le petit homme, au physique banal, le teint mat, les cheveux hérissés. Un peu court pour une si grande femme. Hésitant, tremblant comme devant un géant. Redoutant la moquerie et le rejet, il s'était lancé. Il lui avait dit qu'il devait partir travailler dans les chantiers au Nord. Qu'il reviendrait au printemps. Que si elle le voulait, il la marierait. Il a juré qu'il la comblerait tous les jours de sa vie jusqu'à sa mort.

Il avait reçu d'elle la réponse nécessaire à un homme pour bûcher tout un hiver. Travailler sans relâche en économisant son salaire pour bâtir leur avenir. Tous les longs mois de septembre jusqu'à la fonte des neiges. À rêver d'elle. Dans la morsure du froid et les muscles endoloris, elle avait été sa sève.

Dès son retour, il avait cherché Kueta chez sa mère. Puis l'avait trouvée chez sa cousine Mishtanuass. Cachée. Honteuse. Déjà au creux de ses hanches, sous sa robe fleurie et fanée, se dessinait un ventre rond.

Ça a secoué Mitshapeu. Un coup de hache dans ses côtes aurait été moins brutal. Il s'est enfui. La douleur lui arrachait le cœur. Est-ce que c'était la trahison. Ou son rêve d'avenir brisé. La colère d'avoir été trompé. Non. C'était beaucoup plus grave. C'était la peur de ne pas être aimé.

Mitshapeu a tenté de noyer sa peine avec quelques bouteilles de gin, sans y parvenir. Quelques jours plus tard, il est retourné la voir. Il n'y avait dans le regard de l'homme blessé aucune marque de vengeance. De la détresse plutôt. Il refusait de vivre sans elle. Ça n'était pas possible. Il avait appris qu'elle élèverait seule cet enfant. Ça aussi, il le refusait. Il lui a juré, une fois encore, qu'il la comblerait, elle et son petit, tous les jours de sa vie jusqu'à sa mort.

C'est ce qu'il a fait. L'homme amoureux. De la cérémonie devant le prêtre, quelques semaines plus tard, jusqu'à ses vieux jours, dans sa maison blanche sur la rue Mathieu. Cinquante ans à tenir sa promesse. À travers les bons et les mauvais jours. Les emplois saisonniers et les longues absences de l'hiver. Les retrouvailles du printemps et les enfants à naître. Une maison à bâtir et un foyer à protéger. Même à travers les disputes et les drames de la vie quotidienne, son amour pour Kueta n'a jamais cessé de grandir.

Après l'enterrement de Mitshapeu, après une vie longue et pleine, son secret a été dévoilé au grand jour. Le fils qu'il avait élevé, nourri et aimé, son fils aîné, celui qui portait son nom, le premier de ses nombreux enfants, n'était pas le sien, de descendance. Sa progéniture.

Personne à Uashat n'a pu expliquer la logique de l'homme amoureux. Au regard de tous, parmi ses enfants et ses petits-enfants, tout le monde savait, tout le monde avait toujours su, que ce premier fils, celui né quelques semaines après le mariage de leurs parents, avait été le préféré de son père. Celui qu'on amenait à la chasse tous les hivers. Celui pour qui on préparait le lièvre et la banique. L'héritier inscrit en haut du testament. Celui à qui on pardonnait tout. Duquel on ne soupçonnait jamais le mal.

À l'enterrement de Mitshapeu, le vieux au tambour a dit qu'il n'existe pas de plus grand amour que celui de choisir d'élever l'enfant d'un autre.

Un matin, tôt dans le printemps, Nikshan est entré en trombe dans sa maison. Dans une main, il tenait deux outardes. Dans l'autre, son calibre 12. Sa femme Alice faisait bouillir de l'eau pour le thé. Elle n'a pas eu le temps de lui demander d'où il arrivait. Son mari lui a ordonné :

Prends les deux outardes et mon fusil, et va les cacher derrière la maison.

Il n'y avait pas matière à poser de questions. Alice a enfilé son manteau, pris la carabine sous son bras, une outarde dans chacune de ses petites mains de femme, et elle s'est dirigée précipitamment dans le bois derrière la maison.

Cinq minutes plus tard, elle est rentrée dans la cabane en bois. Son mari versait deux tasses de thé. Il a mis deux sucres dans la plus petite tasse et l'a tendue à sa femme. Sans dire un mot, ils se sont installés pour commencer leur besogne. Le mari devait réparer une raquette. La femme terminait de coudre une couverture pour la tante de son mari. Leurs filles dormaient encore.

Cinq minutes plus tard, deux hommes ont cogné à la porte. C'étaient des agents de la Gendarmerie royale. Ils portaient leur costume rouge de gendarmes, leur chapeau brun et leur arme.

Nikshan a fait signe à sa femme d'aller ouvrir. Elle s'est levée.

Les hommes étaient très en colère. Déjà, ils ne supportaient pas d'aller chez les Indiens pour intercepter un malfaiteur. Mais encore, la mission qu'on leur avait attribuée leur semblait assez insignifiante. Ils voulaient faire les choses rapidement et sortir de la réserve.

Ils ont ordonné au père de se lever.

Nikshan s'est levé en silence.

Ils ont dit :

Nous savons que tu es allé à la chasse ce matin, que tu as tué des outardes et que tu les as ramenées ici. Nous confisquons immédiatement ton arme, tes munitions et tes outardes. Il t'est interdit de chasser sur ce territoire. Il t'est interdit de posséder une arme. C'est la loi qui l'ordonne.

Le père a répondu :

Je n'ai aucune arme ni aucun animal chassé dans cette maison.

En cela, il disait la vérité. Mais les gendarmes ne l'ont pas cru. Ils ont menacé l'homme.

Maintenant, nous savons que tu mens. Donne-nous immédiatement ton arme, tes munitions et ton gibier, et nous te laisserons libre. Sinon, nous fouillerons ta maison en entier et nous trouverons ton arme et tu iras en prison.

Alice a levé le sourcil. Elle se disait en elle-même qu'ils pourraient passer des jours à chercher, que jamais ils ne trouveraient l'arme de son mari ni le gibier pour sa famille. Elle a continué à coudre, tranquillement.

Nikshan n'a pas bronché. Il a répété :

Il n'y a aucune arme dans cette maison ni aucun animal chassé.

Les gendarmes ont fouillé. La maison en entier. Sans soin, sans respect pour les affaires du mari et de sa femme, pour les filles qui dormaient encore. Quand ils ont eu terminé, ils ont proféré une ultime menace.

Si nous apprenons dans le futur que tu chasses et que tu possèdes une arme, nous t'embarquerons et tu iras en prison et tu y resteras des années.

Le père savait qu'en cela, ils disaient vrai.

Ils sont partis bredouilles, après avoir fouillé à l'extérieur aux alentours de la maison.

Quelques minutes après leur départ, Alice s'est levée, fière comme une reine. A enfilé son manteau. Elle est revenue cinq minutes plus tard, une outarde dans chaque main. Elle a déplumé les outardes à l'intérieur de la maison, en gardant précieusement le duvet pour les oreillers qu'elle coudrait plus tard. Prudente, elle a brûlé la peau des outardes à l'intérieur de la maison, directement sur le poêle à bois. Son mari l'a regardée, amusé de voir que rien ne l'arrêterait. Sa femme mangerait de l'outarde le jour même.

Le soir, dans la petite cabane de la rue Brochu, autour de la table de mon grand-père Nikshan, il flottait une odeur de plumes brûlées, de pain frais et d'outarde rôtie. Dans son cœur, il flottait des sentiments de nostalgie d'une vie passée, de révolte et de reconnaissance. Mais aucune trace de peur. L'amour qu'il ressentait, en voyant sa femme se délecter d'une cuisse d'outarde, les mains grasses et les lèvres juteuses, bannissait toute peur.

Shapatesh n'avait pas encore dix-sept ans et il avait déjà choisi la femme qu'il épouserait. Manipien était la plus belle que le monde avait portée. Forte, des cheveux longs qui encadraient son visage rond, des joues en cœur. Le mat de sa peau brune sans aucun défaut, comme si le Créateur lui-même l'avait peinte. Les yeux en amande, noirs, profonds. Un regard de feu qui brûlait quiconque s'y attardait quelques instants. Manipien se pavanait dans la communauté. Une robe fleurie qui lui arrivait en haut des chevilles. Des mocassins blancs perlés. Elle marchait toujours devant ses sœurs. Juste assez de distance pour les devancer, mais pas trop pour paraître à part. La belle se savait désirée. C'était son plaisir.

Manipien était promise à un autre. Plus mature, plus grand, avec une situation plus enviable que celle de Shapatesh. Le jeune homme ne l'acceptait pas. C'était lui arracher le cœur alors qu'il battait entre ses côtes. Il en avait parlé à son grand frère Maxime, qui l'avait écouté sans l'interrompre, partageant la douleur de son frère cadet.

Un matin, Shapatesh a fait ce qu'il croyait devoir faire. Il est allé voir le père Dubé en visite paroissiale à Maliotenam. Il lui a dit ce qu'il ressentait au-dedans de lui. Un amour fort et tenace. Il était persuadé que Manipien était la sienne, à lui. Il n'en avait pas les preuves. Seul l'acharnement de son cœur à se débattre quand il la voyait. Et le poing douloureux dans son ventre quand elle repartait. Le prêtre, un homme romantique, avait entendu cette histoire des centaines de fois. Les mariages arrangés par les parents avaient de bons côtés, mais il manquait parfois la passion amoureuse. Le père Dubé n'était pas vieux, toutefois, il savait que, sans ce sentiment, les couples ne dureraient pas. Évidemment, il ne pouvait pas s'imposer contre le désir des parents de Manipien de choisir un bon parti pour leur fille. Il lui a dit simplement, comme un ami :

Tant que le mariage n'est pas prononcé, tout est encore possible.

Shapatesh s'est répété cette phrase durant toute l'année. Espérant l'inespéré.

Manipien était enjôleuse. Et même si elle était fiancée à un autre, elle regardait Shapatesh. Le jeune homme sentait qu'il lui plaisait. Des sourires volés, des regards audacieux. Voyant l'été s'achever, il a pris son courage et il lui a demandé de rompre ses fiançailles, car elle devait être sa femme à lui. Elle a ri. À la fin de juillet, elle est repartie dans sa famille à Ekuanitshit.

L'été suivant, au moment des grands rassemblements, il est allé revoir le père Dubé. Le prêtre a souri au jeune homme qui avait mûri, lui semblait-il, après une année dans les chantiers. Il lui a annoncé que Manipien avait rompu ses fiançailles. Le cœur de Shapatesh s'est emballé.

Ils se sont mariés l'année suivante. Lors d'une modeste cérémonie au bord de la rivière Mishta-Shipu. Il y a eu du saumon fumé et de la viande de caribou pour le repas. Manipien portait une robe bleu pâle, des mocassins brodés par sa grand-mère, des perles bleues à son cou, un sourire radieux sur ses lèvres.

Ensemble, ils ont eu cinq enfants. Ils ont fondé une famille. Ils ont bâti une maison. Ils ont travaillé à la sueur de leur front pour subvenir à leurs besoins. Tragiquement, leur deuxième fils est décédé dans un accident de voiture à l'âge de vingt ans. Ils ont pleuré. Ils se sont consolés. Ensemble, ils ont surmonté cette épreuve. Il n'y a rien qu'ils n'ont pas fait ensemble. Côte à côte, ils ont vieilli. Elle et lui. Deux arbres matures. Leur relation née de la passion de la jeunesse avait donné des racines profondes. Les enfants qu'ils avaient fait naître étaient devenus des hommes et des femmes, qui à leur tour avaient fait des enfants. Leurs petits-enfants, leur propre chair, la plus grande responsabilité de Shapatesh.

Les années avaient passé si vite. Le vent qui balaie la côte. Rien ne l'arrête. Il passe et rien ne le retient.

Un jour, ils étaient seuls dans leur chambre. Le vieux Shapatesh avait dans son cœur, depuis quelque temps déjà, une requête qu'il n'avait jamais osé faire à sa femme. Elle était là. Allongée de côté sur leur lit. En peignoir et, dessous, une robe de chambre turquoise, épaisse pour les soirées d'hiver. Elle avait les yeux fermés, mais elle ne dormait pas. Il cherchait les bons mots pour dire à voix haute ce qu'il attendait d'elle. Il le devait. Son cœur ne le trompait jamais.

Il lui a dit, le plus tendrement qu'il le pouvait :

Ma femme, j'ai quelque chose à te demander.

Elle s'est tournée vers lui. Il a continué :

J'aimerais que tu te tiennes debout devant moi et que tu te déshabilles.

À la demande de son mari, la vieille Manipien a été saisie. Elle a cru d'abord qu'il blaguait. Son homme avait toujours été si imprévisible. Des demandes absurdes. Elle s'y était habituée. Mais en voyant son regard calme, elle a vite compris qu'il était sérieux. Elle a envisagé de ne pas lui obéir et sortir de la chambre en riant. Ça aurait été plus simple ainsi. Elle aurait dû s'écouter.

Mais elle est restée.

Elle s'est levée du lit, fébrile. Elle s'est tenue debout devant lui. Et elle a enlevé tous ses vêtements. Chacune des couches qui la gardaient au chaud, en sécurité. Qui lui couvraient l'âge. Qui masquaient ses années. Une par une. Devant lui. Son mari. L'homme de sa vie.

Elle avait vieilli. Son corps autrefois parfait s'était affaissé. Son ventre sur lequel il déposait des baisers tôt le matin portait maintenant les traces de ses grossesses. Sa peau lisse et douce comme de la soie avait des vergetures sur les parties de son corps qu'elle camouflait derrière de grands châles en laine. Elle n'avait plus la taille fine et les fesses rebondies. Ses seins avaient perdu leur charme qui rendait fou son homme. Son visage, autrefois parfait, fixait le sol avec crainte. Le mari frôlait de son regard les rides et les cernes de sa femme. Il ne voulait pas la blesser. Mais ses yeux ne pouvaient mentir.

Elle l'a vu. Son regard sur son corps à elle. Des yeux qui étudiaient, qui jugeaient. Déçus de ce qu'elle avait à leur offrir. Jamais elle ne s'était sentie aussi fragile. Vulnérable. Une poupée de porcelaine. Prête à casser au moindre frôlement.

Shapatesh l'a regardée très longuement en silence. Et il s'est approché. Il s'est mis à genoux devant elle. Il lui a pris la main. Il a dit :

Pardonne-moi. Pardonne-moi d'avoir abîmé ton corps. Toutes ces années à être ma femme, la mère de mes enfants, la gardienne de mon foyer et de mon cœur. Toutes ces années marquées sur ton corps.

Manipien – en entendant Shapatesh parler ainsi, sincère et ému – a pleuré. Où était passée sa beauté. Son charme qui l'avait tant fait languir. Pour lequel il avait attendu deux années entières. Et même supplié un prêtre.

Elle a serré la main de son mari très fort et elle s'est effondrée.

Shapatesh l'a prise dans ses bras. Il l'a mise sur son lit. Comme avant. Il a effleuré ses épaules. Il a touché son ventre. Il a caressé ses seins. Il lui a fait l'amour. Elle tremblait. Comme une jeune adolescente qui frémit devant l'inconnu. Qui redoute l'effet que ça lui fera de donner son corps la première fois. Il l'a tenue très fort lorsqu'il a joui. Et elle a laissé les larmes couler sur ses joues.

Il l'a regardée. Il lui a dit :

Tu souris nitishkuem.

Et il disait vrai. Elle souriait.

Elle était heureuse. Surprise. Éprise.

Elle se sentait aimée. En dehors de sa beauté, de son corps. En dehors de ce qu'elle avait été autrefois, de son rôle d'épouse, de mère. En dehors des accomplissements et de toutes les misères que ses épaules avaient endurées. Quelque part. Très près d'elle-même. Être une femme. Être aimée pour ça.

Dès sa conversion, ma mère avait pris la décision de s'impliquer activement dans sa nouvelle vie chrétienne. Elle avait commencé par sortir la télévision hors de la maison. Elle allait à l'église tous les dimanches, elle nous y amenait. Elle faisait un culte familial tous les soirs de semaine. Elle participait à des réunions de prières les mercredis soir. Elle allait à des groupes d'étude sur la Bible les vendredis en matinée. Et elle jeûnait.

Son église locale avait entrepris avec tous ses membres de faire un jeûne de quarante jours, à l'instar de notre Sauveur. Ma toute jeune maman d'une vingtaine d'années s'y était engagée. C'était un mois de janvier.

Les premiers jours, ça avait fait sourire mon père. Jeûner durant quarante jours. Quelle idée ! Si Jésus l'avait réussi, ce n'était certainement pas donné à tous. Marco avait laissé faire sa femme. Tout en mangeant à satiété tout ce qui lui tombait sous la main. Il se disait qu'au bout de quelques jours à peine, elle succomberait. Il le lui avait dit.

Ma mère avait continué son jeûne sans répondre. Parfois plus par orgueil que par foi. Au bout d'une semaine, elle avait des maux de tête et elle dormait énormément. Mon père ne riait plus. Elle n'avait rien avalé depuis plus de sept jours. Il a commencé par lui dire que c'était de la folie. Qu'elle devait absolument manger quelque chose, une soupe ou un toast au beurre. Quelque chose qui lui redonnerait des forces. Elle pourrait reprendre son jeûne après. Il la laisserait tranquille. Mais ma mère s'est entêtée. Elle a refusé de prendre une bouchée du toast aux bananes que mon père lui tendait. Il s'est mis en colère. C'était hors de question qu'il laisse mourir de faim la mère de ses enfants. Il a proféré son ultime menace. Dans le cadre de porte, il a lancé :

Je m'en vais le dire à ta mère! avant de claquer la porte derrière lui.

Peu de temps après, ma mère a reçu l'appel de sa mère. Alice était en furie. Elle lui a dit qu'elle avait complètement perdu la tête. Son jeûne n'était pas défendable puisqu'elle devait élever trois jeunes enfants et s'occuper de son mari. Au bout de quelques minutes de reproches, ma mère a accepté de rompre son jeûne. Davantage pour prouver à sa mère qu'elle ne faisait pas partie d'une secte que convaincue par ses arguments. Mon père s'est calmé. Satisfait de lui. Certain de lui avoir, par le fait même, sauvé la vie.

Le soir de son accident, mon père cherchait à retourner chez lui. Il avait passé la fin de semaine à festoyer avec ses amis durant le tournoi de balle molle à Maliotenam. Ça faisait deux jours qu'il n'était pas rentré à la maison et il commençait à s'inquiéter de ce que sa femme lui dirait. Il savait qu'il avait trop bu pour prendre sa voiture. Il a cherché un conducteur pour le ramener à Uashat, où sa femme, selon lui, l'attendait avec un fanal et un bâton. Mais il n'a trouvé personne. Il a pris sa voiture. Quelques centaines de mètres avant d'arriver en ville, il a percuté de plein fouet un poteau d'électricité. Les secours ont tenté de le réanimer, mais sa mort a été constatée aux urgences. Il était beaucoup trop jeune pour mourir. Il voulait seulement retrouver sa femme et s'excuser de ne pas être rentré plus tôt.

Je n'ai jamais été témoin de la relation entre mes parents. Le jour du décès de mon père, j'étais dans le ventre de ma mère. Quand je repense à ces anecdotes entre eux, je crois que c'était la manière de mon père d'aimer ma mère. D'en prendre soin. Très maladroitement. Imparfaitement. Comme on aime à vingt-quatre ans. En faisant beaucoup d'erreurs. Quand on n'a pas encore appris son rôle de mari, de père. Quand on ne sait pas encore faire le tri entre ses besoins égoïstes et ses devoirs envers sa famille. Comme on est impulsif à vingt-quatre ans. Fougueux. Fou. Quand on n'a pas encore fait le ménage dans son propre cœur, dans ses propres blessures.

C'est à cet âge-là aussi que ma mère est devenue veuve. Et elle l'est restée, toute sa vie. Jamais remariée. Ce n'est pas un état que l'on choisit, le veuvage. C'est la vie qui nous l'impose. La fragilité, la fatalité de la vie humaine. Peut-être que notre entourage s'attendait à ce que ma mère porte son veuvage, comme les femmes le vivaient à cette époque, comme une tare. Quelque chose qui fait honte, qui pousse les mères seules dans la sphère la moins élevée de la société.

Sans doute, financièrement, ç'a dû être difficile. Sans doute, la solitude de son cœur devait lui peser par soir d'automne, quand la nuit tombait. Sans doute. Mais ce que je sais, c'est que, dans notre maison sur la rue Kamin, elle nous faisait des crêpes les samedis matin. Elle nous amenait nous baigner aux lacs rapides quand il faisait chaud, tous les étés. Elle faisait un pique-nique et des jeux pour nous amuser sur le sable. C'est elle qui m'a appris à nager, à faire du Jell-O, à tricoter. À créer. Elle a même fait son propre yogourt un jour. Il était doux, onctueux, à s'en damner.

J'ignore ce qu'il faut d'audace pour être ainsi acculée en bas de l'échelle sociale et tout de même se tenir droite. Avancer coûte que coûte, tête première. Bien sûr, ma mère a souffert du regard des autres posé sur elle. Mais elle a refusé que ces regards rythment la manière dont elle éduquerait ses enfants.

Une marche à fois, elle est montée dans l'estime des gens. En particulier celui de sa mère. Alice, qui jamais n'a eu un mot flatteur pour qui que ce soit, a dit d'elle, sa petite Lise, combien elle prenait bien soin de sa famille même si elle était veuve. Elle n'avait pas dit qu'elle était fière de sa fille, ce n'était pas dans sa nature d'utiliser ces mots-là. Mais il suffisait de l'entendre parler d'elle à son amie et de lire entre les lignes silencieuses de ses paroles pour comprendre que ma grand-mère se vantait d'avoir une fille comme elle.

C'est étrange. La première fois que ma mère a adressé la parole à mon père, c'était pour rompre avec lui. Elle était commissionnaire. Sa grande sœur Mireille fréquentait mon père depuis quelques semaines et Mireille n'avait pas trouvé le courage de dire à son copain Marco que c'était fini entre eux. Elle avait demandé à Lise, sa petite sœur, d'aller rompre à sa place. Ma mère, adolescente, y est allée à contrecœur. C'est là que mon père l'a vue pour la première fois. Il l'a vue derrière son toupet carré, ses petits yeux bridés, sa timidité. Il l'a vue dans son jeans à pattes d'éléphant et son chandail orangé. Il a vu son rire qu'elle cachait derrière sa main et la douceur de son visage. Ils ont commencé à se parler à ce moment-là. Ils se sont mariés quelques années plus tard. La robe blanche, le costume gris-bleu, le champage et la limousine.

Après toutes ces années à ne pas comprendre, à être en colère contre l'injustice et la fatalité de la mort, aujourd'hui j'arrive à ressentir de la reconnaissance face à ce contexte familial qui est le mien. Au lieu de l'amertume, j'arrive à ressentir de la gratitude que mon père ait existé. Qu'il soit tombé amoureux de ma mère. Que ma mère ait été charmée par son humour. Qu'ils se soient choisis jusqu'à leurs vingt-quatre ans. J'arrive à dire merci, car sans ça, sans cette étrange fatalité, je ne serais pas née.

Quand Nikshan voyait passer sa petite Lise
devant sa maison sur la rue Brochu avec ses quatre
bambins qui marchaient derrière elle à la file indienne,
il disait à sa femme :

Regarde. C'est la maman cane avec ses petits canetons.

Et ça le faisait sourire.

Tshissituta ka auassiuiak^u
ka metueiat
Tshe tan ute e taian
Nuitsheuakan

Rappelle-toi quand nous étions enfants,
Quand on jouait
Tu es là avec moi,
Mon ami

MATEN

La première fois que ma mère a quitté sa réserve, elle avait trente ans. C'était encore l'hiver quand elle nous a annoncé qu'on déménagerait à Québec. Elle nous avait fait asseoir dans le salon, mes sœurs, mon grand frère et moi. On avait eu du mal à garder notre calme. Un rien nous excitait. Elle avait parlé sans nous regarder. Elle avait dit qu'on déménagerait en été. Elle nous avait aussi avoué qu'elle était enceinte, que nous aurions un petit frère ou une petite sœur. Ça m'avait surprise. C'était beaucoup d'informations en un souffle. Elle n'a pas pleuré, mais dans sa voix, on entendait de la tristesse. Ça nous avait calmés. Je comprenais que la situation était grave, mais je ne comprenais pas pourquoi. Je n'avais pas dans ma tête la bonne question à poser pour qu'on m'explique. Si déménager et avoir un nouveau bébé dans la famille rendaient triste ma mère, je refusais que notre vie change. J'aurais aimé qu'elle me rassure. Notre réunion familiale a pris fin abruptement quand elle s'est levée. Déjà, elle avait mille et une choses à planifier pour notre départ. Déjà, elle devait préparer le souper et faire une lessive. Déjà, son corps qui faisait pousser ma petite sœur était épuisé. Ou peut-être déjà, elle n'avait plus la force de retenir ses larmes.

Elle avait décidé de partir loin, très loin de sa peine de cœur et de cet homme dont elle était tombée folle amoureuse. Qui avait piétiné son rêve d'une famille unie, recomposée. Si elle ne pouvait pas sauver cette relation, alors elle sauverait sa peau et celle de ses enfants.

Elle a décidé de quitter sa maison beige sur la rue Kamin, sa première maison à elle. Là où elle avait pris soin d'aménager des chambres peintes en rose et en bleu pour ses quatre petits. Des lits superposés pour ses plus grandes et une chambre à part pour son seul et unique fils. C'était là qu'elle avait appris à cuisiner, seule, à entretenir sa maison, seule, à gérer ses finances, seule, à prier dans son salon, seule, à élever seule ses enfants. Là où j'avais encore ma place dans son lit, là où je dormais tranquille, ma main sur son ventre mou et doux.

Quitter cette maison c'était tout quitter. Tout ce qu'elle possédait. En amenant avec elle ses quatre enfants, et son cinquième encore au chaud dans son ventre. Un trésor volé.

À la fin de l'année scolaire, elle nous a entassés dans la vieille Ford grise, cinq places, parmi les valises, les coussins, le lunch qu'elle avait préparé la veille. Elle a fait la route en deux jours. Nous avons dormi à Pessamit une nuit, chez Philomène, son amie. Puis, elle a continué à rouler sur la 138. Il y avait Cabrel qui jouait en boucle dans la machine à cassette. C'était la voix de l'ennui, la mélodie inconsolable. La voix la plus triste du monde.

Oh Rosie, tout est blanc,
Tes yeux m'éclairent,
De t'avoir eue un instant,
J'étais tellement fier,
Tout ce qu'il me reste à présent,
L'envie de tout foutre en l'air,
Et de recommencer la nuit...
... Rosie.

Cabrel nous a accompagnés durant des heures, jusqu'à ce que l'on voie, au loin, les lumières de la ville. Uepishtikueiau. Là où la rivière se rétrécit. Ma mère n'a pas beaucoup parlé durant le trajet. Elle parlait seulement pour nous dire de nous calmer quand on riait trop fort, quand l'une criait, que l'autre pleurait.

C'est mon oncle Bastien qui nous a accueillis dans notre nouveau logement en plein cœur du Vieux-Limoilou. Mon oncle habitait le quartier Saint-Roch depuis une dizaine d'années. Il connaissait bien la ville. Il y était habitué. L'immeuble appartenait à son ami. Il y avait quatre logements en tout. Le nôtre était au troisième étage. Pour y accéder, il fallait monter un vieil escalier en bois derrière l'immeuble. C'était poussiéreux, sombre, pas invitant. L'appartement était un peu mieux. Il était semi-meublé. Il y avait deux chambres. L'ami avait accepté de louer à ma mère pour l'été. Le temps qu'elle trouve un appartement plus grand, avec trois chambres.

Tout l'été, il a fait chaud à Québec. Une chaleur humide et collante comme nous n'en avions jamais ressenti. Sur la côte, là-bas dans notre chez-nous, l'air était frais et sec.

Le vent soufflait continuellement. Parfois, il était léger et doux. Parfois, il rabattait les arbres de toutes ses forces. En plein centre-ville, le vent était inexistant. L'air, étouffant.

Dans le logement pas climatisé, enceinte et fatiguée, ma mère cuisinait peu. Elle bougeait peu. Elle faisait des sandwichs et elle nous amenait à la piscine pour qu'on puisse se rafraîchir. Elle s'assoyait à l'ombre d'un arbre et elle nous observait, distraitement. Sa peau d'Indienne, plus foncée en été qu'en hiver. Ses petits yeux bridés derrière ses lunettes rectangulaires. Aucune ride sur ses joues. Aucun cheveu blanc dans ses cheveux noirs. Je la trouvais belle, même si elle avait un gros ventre et que son visage était enflé. Même si elle avait de la difficulté à se déplacer, refusait de se baigner avec nous comme elle l'avait toujours fait dans la mer glacée de la côte. Ici, elle se contentait de se tremper les pieds dans le bassin pas creux.

Cet épisode hors réserve aurait pu s'avérer une courte escapade, une erreur de parcours, une fuite – sans doute l'était-il. Et pourtant c'est devenu notre vie. J'ai passé plus d'années loin de ma communauté qu'à l'intérieur.

J'avais sept ans quand nous avons quitté la réserve. J'étais une enfant. J'aurais dû ressentir le choc de cet exil. J'aurais vécu de l'incompréhension, des soucis de petite fille. Pourtant, je ne me rappelle pas avoir eu peur de déménager dans une grande ville. Je ne me rappelle pas avoir ressenti de l'insécurité, des doutes, de l'anxiété face à l'inconnu que ma mère avait choisi pour nous. Pas un seul moment je ne me suis dit : et si ma maman se trompait. Si elle nous amenait dans un endroit dangereux, ou si nous devenions très malheureux à cause de cette décision.

La vérité, c'est que j'aurais suivi ma mère jusqu'au bout du monde. Les yeux fermés. Le cœur tranquille. Jusqu'au bout de la route 138, sans connaître les détours, le sinueux, les accidents de parcours. C'est ce que j'ai fait. Je l'ai suivie sans poser de question. Tant que le soir, pour m'endormir, je pouvais poser ma petite main sur son ventre chaud. Fermer les yeux. Me laisser bercer par sa respiration. Rêver. En paix, complète.

C'est à l'école de jour que David a fait tout son primaire. Le matin, il s'y rendait avec ses amis de la rue Brochu, Bass et Muakuss. Ils marchaient jusqu'à la sortie de la réserve. Après, ils attendaient que tous leurs amis soient arrivés. Puis, ils se dirigeaient en bande jusqu'à l'école. C'était en ville, à un demi-kilomètre de Uashat. En bande, ils se croyaient intouchables.

Dans la cour d'école, deux clans avaient leur zone assignée. Le côté blanc et le côté innu. Sans besoin de démarcation officielle. C'était ainsi dans ces temps-là. On ne se mélangeait pas. Ni les adultes ni les enfants. C'était une époque de contraintes.

David était de son côté de la cour. Bass et Muakuss l'écoutaient en souriant. Il racontait l'histoire du gars qui s'était fait poursuivre par deux chiens durant la nuit. Comment il avait crié comme une fille. David imitait le pauvre gars en faisant de grands gestes, en parlant dans sa langue. Il aimait faire rire les autres. Quand il a fini son histoire, tous ses amis se sont mis à rire très fort. David a ri plus fort que les autres.

Des garçons blancs se tenaient près de la frontière invisible. Ils étaient plus défiants quant aux règles séparatrices. En entendant David rire si fort, l'un d'eux a crié :

Ta gueule, maudit sauvage !

David s'est raidi. Ce n'était pas la première fois qu'il entendait cette insulte. Il l'avait entendue à l'épicerie avec sa mère. Et chez le barbier avec son père. Et même à l'église, par le curé. Mais c'était la première fois qu'il l'entendait d'un enfant de son âge. Un peu maigrichon. Quelques centimètres de moins que lui. Un enfant qu'il pouvait regarder de haut.

David s'est tourné vers le Blanc.

L'Autre l'a regardé avec mépris. Il voulait le ridiculiser. Il a répété en riant et en le pointant du doigt :

Maudit sauvage, ta gueule !

Ses amis ont ri avec lui. La bande à David, pas du tout. Il a senti la colère monter. Il a relevé les épaules. C'était un avertissement.

L'enseignant se tenait tout près d'eux. Il n'a rien fait. Il n'a pas réagi à l'insulte que forcément il avait entendue.

L'autre a crié plus fort encore pour l'intimider :

Maudit sauvage !

Les poings de David se sont serrés sous son manteau, envahi par la colère. Il savait comment tout ça allait finir. Il s'est avancé vers l'autre. Il lui a dit :

Tu veux, je vais te montrer ce que c'est qu'un sauvage.

Et il a franchi la frontière. Il a frappé l'autre d'un coup au visage. De toutes ses forces.

L'autre est tombé par terre. Il a commencé à pleurer.

L'enseignant est intervenu. Il a bousculé David en allant voir le pleurnichard. Il a crié à David qu'il allait être suspendu et il l'a envoyé chez le directeur.

Le directeur était en colère lui aussi. Il lui a dit :

Tu ne dois pas frapper les autres élèves.

David lui a raconté comment l'autre l'avait insulté. Comment le professeur n'avait pas réagi. Il s'est vidé le cœur.

Le directeur lui a répondu fermement :

Je sais. Mais tu ne dois pas frapper les autres élèves. Peu importe ce qu'ils te disent.

Et pour l'éduquer, le directeur l'a frappé à son tour avec sa baguette de bois sur les doigts.

Mais David n'est pas une couille molle. Il a encaissé les coups. Il était résistant. Il n'a pas pleuré.

Bien sûr, il savait qu'il avait mal agi. Il n'aurait pas dû frapper l'autre au visage. David n'était pas un bagarreur. Il n'était pas un violent. Il n'utilisait pas ses poings pour s'exprimer. Il était capable de s'expliquer avec des mots.

David n'est pas un sauvage.

Ti-Jos se tient debout devant sa classe. Il fréquente comme tous les autres l'école de jour dirigée par les frères et les bonnes sœurs. Il est en huitième année. Il est petit et frêle. Il a la peau mate. Les cheveux hérissés.

Son père Napeu l'a bien averti dès sa première année à l'école. Il lui a ordonné de travailler fort dans sa classe. D'écouter ses professeurs. Même ceux qui étaient sévères ou injustes. Il lui a dit que s'il voulait bien gagner sa vie, il devait réussir dans les matières des Blancs. Et parce que Ti-Jos adorait son père, et qu'il en avait un peu peur, il a pris son travail d'élève au sérieux.

La famille de Ti-Jos vit dans une maison construite par le gouvernement. Un peu à l'étroit. C'est une toute petite maison sans sous-sol et sans étage. Trois minuscules chambres. Une cuisine qui sert aussi de salle à manger. Des armoires en bois non verni. Une cuisinière au gaz. Il n'y a pas de salon pour accueillir les visiteurs. Pas de bureau pour faire les devoirs. Et les murs en bois n'ont jamais été peints ni en blanc ni en quelque autre couleur que ce soit. Une chance, la famille de Ti-Jos est peu nombreuse. Ce n'est pas le cas chez sa tante Alice, où ses cousins doivent partager une chambre à six. Ces cousins-là jouent dehors à longueur de journée. Du matin jusqu'au soir. N'entrent dans leur maison que pour manger et aller au lit.

Les gens sont pauvres à Uashat. Toutes les familles, tous les parents, tous les enfants. Même la famille de Ti-Jos est pauvre. Même si Napeu travaille dans une usine. Et que sa mère n'a pas eu autant d'enfants que ses tantes. Eux aussi, ils attendent le jour de la ration. Ce maigre chèque du gouvernement qui permet d'acheter de la farine, du sucre, des poches de patates. Eux aussi mangent des pâtes et des frites à s'en écœurer. Eux aussi n'ont ni voiture ni ski-doo, et pas de viande au dîner.

Lorsque son père lui répète de bien travailler à l'école, Ti-Jos sait que c'est la pauvreté qui parle. Combien de fois son père a-t-il rêvé tout haut de s'acheter une voiture et d'agrandir sa maison pour y faire un salon. Il maudit sa condition d'Indien de réserve. Il le dit dans sa langue. Il dit : Katshipauakanit innu. Il dit : Tshitimau katshipauakanit innu. Et il sacre dans sa langue : Matshi-manitu. Et toute cette colère que son père exclame, Ti-Jos la recueille. Sur ses petites épaules d'écolier. Il obéit à Napeu parce que la colère d'un père est un motif suffisant pour un fils. Pour le rendre obéissant.

Le seul moment où Napeu échappe à la colère, c'est lorsqu'il raconte ses histoires de chasse dans Nutshimit. Quand il était encore enfant, qu'avec ses parents, Mishtanuass et Pien, ils parcouraient l'intérieur du territoire. À la poursuite du caribou, durant des mois. Napeu parle de l'odeur du sapinage sous la tente. Il parle du goût de la bannique cuite sur le poêle à bois. Il parle de la voix de son père, les légendes qu'il racontait à la brunante, des histoires merveilleuses d'animaux qui parlent et d'un Créateur qui leur répond. Ti-Jos n'a connu que la réserve, les maisonnettes en bois et l'école de jour. Mais quand il écoute parler son père, il est capable d'imaginer une autre vie.

Quand il a fallu préparer l'exposé oral de sa huitième année, Ti-Jos a choisi de parler du territoire innu : Nitassinan. Il avait vu une carte dans un livre. La carte avait pour titre « Territoire indien ». Elle représentait le Québec en entier. Une partie était plus foncée que le reste du territoire québécois. La partie ombragée était celle du territoire indien. Il recouvrait presque les deux tiers de la carte. Il longeait tout le fleuve. D'abord par petites franges, jusqu'à prendre toute l'expansion, à partir de la rivière Saguenay, d'un côté et de l'autre de la mer. À la hauteur de Uashat, l'ombragée était large et imposante.

De son mieux, il a reproduit la carte sur un grand carton brun. Il a écrit le même titre que celui qu'il avait lu dans le livre. Et même s'il s'est préparé des heures et des heures avant sa présentation, il est tout de même anxieux à l'idée de présenter son exposé. Comment ses camarades vont-ils interpréter ses idées. Comment son professeur réagira-t-il.

Il commence son exposé en parlant très vite. Essoufflé, il ralentit son discours appris par cœur. Il pointe avec le doigt là où se trouve Uashat, une petite baie dans le golfe du Saint-Laurent. Un point rouge sur le carton brun. Il trace un cercle imaginaire pour bien identifier comment était grand le territoire innu. Il montre que le territoire traverse le Québec jusqu'au Labrador. Il certifie que, même si c'est lui qui a dessiné la carte, c'est une vraie carte qui existe, car il l'a vue dans un livre. Il insiste en regardant son professeur lorsqu'il dit le mot « livre ». Son professeur adore les livres, il parle tout le temps de tous les livres importants qu'il a lus. Ti-Jos pense que ça le convaincra. Son professeur hausse les sourcils.

Ses camarades, eux, l'écoutent en le fixant. Regardent la carte, admiratifs. L'écoutent sans l'interrompre. Il en déduit que l'idée leur plaît. L'idée que ce territoire si vaste soit le leur. Ti-Jos est comblé.

Parce qu'il est doué pour les matières scolaires, Ti-Jos obtiendra un diplôme. Il deviendra fonctionnaire. Toute sa vie, il travaillera en lien étroit avec le ministère des Affaires indiennes et le Conseil de bande de Uashat mak Maliotenam. Il étudiera les lois qui régissent le territoire. Par cœur, il connaîtra les limites du Nitassinan. Celles inscrites dans toutes les cartes à travers les années. Et c'est par élection qu'il deviendra conseiller pour le conseil de bande de sa communauté. Dans les moindres détails, il saura parlementer sur le territoire, sur ses droits innus, sur les lois gouvernementales.

Mais. Ça prendra des dizaines d'années avant qu'il ne pose les pieds dans Nutshimit, le territoire intérieur. C'est son fils Negasson qui l'y amènera. Un jeune homme fougueux et connaisseur de la forêt. Ti-Jos le suivra sur des pistes de ski-doo que son fils aura tracées. Entre les montagnes, sur des lacs gelés. Loin, très loin de tout ce qu'il aura appris dans les livres. De tout ce qu'il aura défendu devant les parlementaires. De son bureau beige et de la bureaucratie.

Negasson lui fera découvrir un territoire avec d'autres lois. Ce Nutshimit qui donnait une trêve à son père. Ramenait le vieux Napeu dans le pays de son enfance. Lui redonnait confiance en ce qu'il était. Un Innu libre. La liberté inscrite sur aucune carte ni aucun décret gouvernemental. La liberté gravée dans les gènes de Negasson.

Ti-Shan a vite compris que l'école n'était pas faite pour lui. Quand il a eu douze ans, sa grand-mère Mani, qui ne craignait ni les prêtres ni la police montée, lui avait permis de quitter les bancs bruns et durs du pensionnat pour suivre ses oncles dans la forêt. Sa délivrance. Il faisait tout comme eux. De grands gaillards, des pêcheurs de saumons. Même s'il n'avait ni leur carrure ni leur force physique, Ti-Shan les imitait. Ça faisait sourire Mani quand elle voyait Ti-Shan courir derrière ses fils, tentant de rattraper leurs grandes enjambées.

Ses oncles connaissaient la rivière Mishta-Shipu par cœur. Ils y allaient à l'automne, pour rejoindre la rivière Nipissis et chasser le caribou des bois. À l'hiver, en portage, pour se fondre dans la neige jusque dans une cabane en bois que leur père avait construite au mille 40. Tôt au printemps, pour monter leurs tentes et préparer leurs canots pour la pêche au saumon. C'était le moment de l'année que Ti-Shan préférait. Des dizaines de familles s'installaient sur les berges de la rivière à quelques kilomètres de Mani-Utenam. Se préparaient activement, fendaient les troncs d'arbres secs pour le bois de chauffage, nettoyaient les terrains pour les tentes, ramassaient les branches de sapin, installaient les fumoirs, les tentes en forme de demi-cercle. Le rythme dur et lent de la vie en forêt battait à nouveau dans le cœur des Innus de la Mishta-Shipu, au rythme des prises, petites et grosses.

Peu à peu, depuis une dizaine d'années, les restrictions de la pêche au saumon s'étaient étendues jusqu'à la rivière Mishta-Shipu. Cette année-là, Shan avait douze ans, le gouvernement provincial avait officiellement interdit toute sorte de pêche aux Innus. Dans les efforts soutenus des deux paliers du gouvernement pour assimiler les Innus de la Côte-Nord, ils avaient émis des lois ordonnant les permis de pêche, permis pour lesquels aucun Innu n'était admissible.

C'était grave. La prochaine étape serait l'interdiction complète de l'accès à la rivière. Les oncles de Ti-Shan l'avaient compris bien avant que n'arrive la guerre. La guerre du saumon.

Ils étaient forts et ils étaient combatifs. Ils étaient peu nombreux, mais ils adoraient cette rivière, le legs de leurs pères. Ils se sont rassemblés, durant le mois de mai. Dans les cabanes en bois, à la lueur des chandelles. Ils ont comploté. Ils ont élaboré des plans. Dans leurs pensées, puis en paroles. Rien n'a jamais été écrit. Ils ont parlé des nuits entières. Et ils se sont entendus sur un plan. Ils iraient la nuit. Armés de leurs carabines. Ils iraient pêcher, comme des voleurs, sur leur propre rivière. Ils le feraient en tirant des coups de carabine au ciel. Ils navigueraient en criant très fort, pour faire peur aux poissons et aux garde-pêche. Et une fois la rivière reprise par les pêcheurs innus, au petit matin, ils lanceraient leurs filets et leurs lignes. Prendraient un maximum de saumons. Pour nourrir leurs familles, comme depuis des siècles, leurs grands-pères s'y étaient engagés.

C'était le plan.

Cette nuit-là, les choses ont dégénéré. Comme il fallait s'y attendre. Des coups de fusil ont été tirés. Des hommes ont pris la fuite en bateau. La police montée est arrivée durant la nuit. Sur les berges de la rivière, Ti-Shan a couru de toutes ses forces pour aller se cacher à l'endroit où ses oncles lui avaient fait promettre d'aller.

C'est le lendemain que le drame s'est pointé. Deux jeunes Innus ont été retrouvés morts dans la rivière. La police a vite conclu à une noyade. Mais personne n'y a cru. Personne n'y a jamais cru.

Ni la famille qui savait que les deux hommes étaient d'excellents nageurs, prudents, capables de naviguer sur la rivière même en pleine noirceur.

Ni les médias qui soupçonnaient des représailles à la suite de la révolte. Une menace envers les contestataires.

Ni Ti-Shan, du haut de ses douze ans, qui avait assisté à toute cette violence. Vu de ses yeux. Entendu de ses oreilles.

Personne n'a cru à la noyade. Et la communauté de Uashat mak Maliotenam, à l'unisson, a accusé les garde-pêche du meurtre de sang-froid des deux hommes.

Toutefois, les rebelles avaient un avis tout autre. Ceux qui avaient affronté les garde-pêche cette nuit-là. Ils ont dit que la mort de leurs amis était leur faute, à chacun d'eux. Ils se sentaient coupables. Ils avaient tiré des coups de fusil vers le ciel. Ils avaient provoqué ce drame.

Quelques jours plus tard, une dizaine de canots voguaient sur la Mishta-Shipu. En plein jour. Les pêcheurs, les mains vides. Le silence après les cris. Les larmes après la colère. Les rebelles ont offert un dernier hommage à leurs frères.

Aujourd'hui, Shan n'est plus le petit. Il a vieilli. Il pêche comme ses oncles. L'air un peu frêle dans son bateau, n'a pas hérité de leur carrure de géant. Il a pêché toute sa vie sur cette rivière. Il y a amené sa première femme, très belle, décédée trop tôt d'un cancer. Sa seconde femme, brune et incroyablement forte, ma tante Bernadette. Leurs enfants. Leurs petits-enfants. Leurs arrière-petits-enfants.

Sur la rivière, tôt à l'aube, quand il conduit son bateau à moteur, il sait que ceci a eu un prix. Il sait la guerre, et les pertes. Les tombes des pêcheurs qui jonchent la rive. Quand il pêche, il se rappelle. Les coups de feu, la peur dans son ventre de jeune homme. Et ce que ça a fait naître en lui.

Et même si, depuis plus de vingt ans, les Innus de Uashat mak Maliotenam ont repris la gouvernance de la rivière. Et même si les années ont effacé de la mémoire des gens le souvenir de cette guerre. Même si chaque année, des chalets n'ont cessé d'être construits sur les rives de la Mishta-Shipu. Lui, le vieux Shan, se sait porteur d'un devoir. Le devoir de garder leur rivière à eux. De ne jamais cesser d'y pêcher.

À eux, ses oncles.

Eux, qui étaient prêts à mettre en péril leur vie pour être là.

Enracinés sur leurs canots, chaque mois de mai.

Aussi longtemps que le saumon remonterait la rivière.

Quand ma petite sœur Mayna est entrée à la maternelle, ma mère a entrepris de retourner sur les bancs d'école. Elle avait arrêté ses études à sa première année de cégep pour se marier et s'occuper de ses enfants. Depuis plus de quinze ans, elle était mère à la maison. Loin des livres et des examens théoriques.

Un bourgeon de rêve avait résisté aux tâches ménagères et aux tracas quotidiens : celui d'étudier à l'université. Idéalement dans le domaine social. Un cours de psychologie peut-être, quelque chose dans ce goût-là. Elle avait attendu que son bébé commence l'école. Et c'était arrivé. Elle a déposé une demande d'admission pour la session d'hiver à l'Université Laval. Le cœur emballé et désireux d'être acceptée. Mais la tête pleine de doute.

Contre toutes ses attentes, elle a été reçue pour un certificat en psychologie. Ma mère avait trente-cinq ans quand elle a recommencé ses études.

De l'extérieur, dans les classes immenses de l'université, on pouvait voir une femme mature, une mère monoparentale, courageuse, issue des Premières Nations, qui bûchait dans ses travaux. Son sac en cuir bleu défraîchi, confectionné par sa mère, ses cahiers de notes pêle-mêle, une écriture illisible, qui ne parlait pas beaucoup durant les cours.

De l'extérieur, dans les couloirs de l'université, les gens étaient étonnés de rencontrer une Indienne. C'était un fait rare. En 1985, il y avait eu d'importantes modifications à la Loi sur les Indiens. Entre autres, l'article qui interdisait aux Indiens d'étudier dans les universités sous peine de se voir émanciper. L'émancipation étant la perte de tous les droits acquis par nos ancêtres. Malgré cette modification, très peu choisissaient le chemin des études supérieures. La loi avait colonisé l'esprit de plusieurs d'entre nous. Les Innus avaient fini par croire que les études supérieures ne leur étaient pas destinées. Seuls quelques-uns, audacieux, osaient cette voie. Parmi eux, ma mère.

De l'extérieur, ma mère, avec son parcours atypique, piquait la curiosité de certains de ses professeurs. Surtout dans le domaine social. Puisqu'elle était née dans une réserve, fille de deux parents indiens qui, eux, étaient nés dans la forêt, il y avait là un cas d'étude intéressant. Au début des années 2000, les réserves étaient perçues chez les Blancs comme des lieux de misère habités par des gens démunis qui n'avaient jamais réussi à s'adapter à la modernité. C'était avant qu'on découvre les martyrs des pensionnats et que l'on entende l'histoire dans son ensemble : la colonisation sauvage des Premiers Peuples et leur résistance face au génocide culturel. De l'extérieur, assise dans l'un de ses immenses auditoriums de l'université, silencieuse et sérieuse, ma mère représentait la partie incomprise de la société québécoise.

Mais à l'intérieur d'elle, c'était tout autre chose.

À l'intérieur, elle livrait une lutte incessante. Contre cette croyance qui la dévorait. Celle de ne pas être à la hauteur. Comme un roseau cassé, un lumignon qui fume. De toutes ses forces, le cœur en mode survie. Elle combattait sa honte d'être indienne. Son sentiment d'infériorité. Quand elle remettait un travail dont elle n'était pas satisfaite. Quand elle n'osait pas lever la main pour poser une question au professeur sur une notion qu'elle ne saisissait pas. Quand elle entendait les autres étudiants, plus jeunes, plus frondeurs qu'elle, intervenir en classe. Quand elle s'assoyait à la table de la cuisine le soir, épuisée par ses nombreuses tâches de mère, pour lire et relire ses notes de cours, pour les mémoriser, les apprendre par cœur, en fermant les yeux.

Dix ans plus tard, elle a obtenu son baccalauréat en travail social. Dans l'un de ses travaux finaux, elle a écrit :

Dans la recherche de mon bien-être intérieur, j'ai compris que le fait d'avoir perdu notre identité en tant que peuple distinct avec sa culture et son mode de vie a eu comme conséquence de perdre notre dignité. En fait, je suis convaincue que c'est de la perte de notre identité que découlent tous nos maux. Et le contraire est vrai. La guérison viendra par la reconnaissance identitaire.

Le titre de son travail était *De la honte à la fierté.*

Dès que j'entends le rythme du Makusham, je ne peux pas faire autrement. Ma tête se lève. Un sourire se dessine sur mes lèvres. Je murmure les paroles du chant ancien. Je regarde une aînée démarrer la danse. Et je me lève. Je la suis par-derrière. Je cadence mes pas. Mes épaules. Ma tête.

Dès que j'entends un Makusham, mon cœur s'élève. J'observe le cercle qui se déploie. Les vieux, les hommes, les femmes, les petits enfants. Je suis dans le cercle. J'avance doucement.

Usham nitshikauen
Usham nitshikauenan
*Tanite ma tshe tutamak*ᵘ
*Tshetshi nanakauishtamak*ᵘ

Je crie de toutes mes forces
Nous crions ensemble
Quelle voie choisirons-nous
Pour résister

SCOTT-PIEN PICARD

La pauvreté s'était immiscée dans la communauté sournoisement. La gangrène qui prend vie dans la plaie superficielle, se creuse un nid dans la chair et se répand sur tout le corps. Affectant les membres les plus actifs en premier. Antane n'avait pas souhaité devenir chef. Il était devenu chef par devoir. Chef d'une communauté pauvre et démunie.

Depuis quelques semaines déjà, dans les coffres du conseil de bande, il n'y avait plus un sou. Le chef avait réussi à emprunter de l'argent pour continuer à verser les rations aux Innus. Sa famille, ses amis, ceux qui l'avaient élu chef et ceux qui le critiquaient aussi, qui n'avaient pas voté pour lui. Il avait tout dépensé pour chacun d'eux.

Antane n'avait plus le choix. Il avait pris une décision avec ses conseillers. Il irait en personne voir le ministre des Affaires indiennes à Ottawa. Il lui expliquerait la situation de sa communauté, comment ils s'étaient retrouvés endettés et incapables de payer le minimum nécessaire à la survie des siens, à leur maigre subsistance. Il le ferait avec humilité, quémandant au gouvernement. À contrecœur.

Son orgueil d'homme y passerait. Mais pas les hommes, les femmes, qui comptaient sur lui.

Antane y est allé par avion. Avec de l'argent emprunté.

Au bureau du ministère des Affaires indiennes, le ministre a refusé de le recevoir. L'Indien a dit qu'il était chef de sa communauté. Il a dit qu'il avait fait le voyage avec de l'argent emprunté. Qu'il n'avait pas les moyens de se loger à Ottawa. Qu'il devait rencontrer le ministre des Affaires indiennes d'urgence. On lui a expliqué que cela nécessitait un rendez-vous. Qu'il aurait dû avertir de son arrivée. Que le ministre des Affaires indiennes était un homme occupé. Le chef était un homme entêté. Il a refusé de baisser les bras. Il a décidé d'attendre au bureau du ministre. D'y rester jusqu'à ce que quelqu'un accepte de le recevoir.

Ce n'était pas habituel de voir un Indien dans les bureaux des affaires indiennes. Le chef détonnait par sa présence. L'affaire a été rapidement portée à l'attention du ministre. Qu'un chef indien campait dans le hall de son bureau. C'était sans précédent.

Le ministre a demandé à son secrétaire de rencontrer le chef afin de le questionner sur le but de sa présence. Le secrétaire s'est exécuté. Antane était soulagé de pouvoir parler à quelqu'un de la situation précaire de sa communauté.

Il lui a expliqué que les membres de sa communauté se multipliaient. Que l'argent reçu pour l'année n'était pas suffisant. En tant que chef, lorsqu'un membre de sa communauté venait le rencontrer, il ne pouvait pas refuser de le rencontrer, ce n'était pas possible. Il écoutait le père de famille se plaindre de sa situation. Il répondait à sa plainte par une aide matérielle. Et c'était ainsi, sans cesse, parce que tous les Indiens dans sa communauté étaient pauvres.

Le secrétaire du ministre a entrepris de lui faire la leçon. Ce n'était pas une façon de gérer les finances d'État. Distribuer de l'argent par-ci, par-là. Le fonctionnaire secouait la tête de désapprobation. Comment cet homme avait bien pu être élu chef. C'était scandaleux. Il a mis fin à la rencontre en lui affirmant qu'il ferait un compte-rendu au ministre, mais qu'il était peu probable que le chef ait l'audience qu'il demandait et qu'il valait mieux pour tous qu'il retourne dans sa réserve.

Mais le chef était tenace. Il a décidé de rester.

Quelques heures plus tard, il a enfin rencontré le ministre. C'était un homme gras, dans la cinquantaine, qui parlait avec un accent anglais. Ça n'a pas choqué le chef qu'il se montre désappointé par sa visite impromptue. Antane savait que sa place n'était pas dans ce bureau. Une pièce peinte en beige, avec des meubles lourds en bois verni, des diplômes accrochés au mur, à Ottawa, loin des siens. Lui, avec sa chemise défraîchie et ses mocassins. Il savait qu'il prendrait le premier vol vers chez lui dès qu'il aurait eu ce qu'il demandait. Il n'était pas à l'aise dans cette ville. Pas plus à l'aise avec ce ministre gras et anglophone que le ministre ne l'était avec lui, un chef indien et pauvre.

Monsieur, vous avez demandé à me voir.

Oui. J'arrive de Uashat. Je suis chef de la communauté de Uashat mak Maliotenam. Nous n'avons plus rien pour nourrir nos familles. J'ai essayé d'emprunter ici et là. J'ai vraiment tout essayé avant de venir ici. C'est la première fois que je viens ici, dans votre bureau.

Ce n'est pas ainsi que les choses fonctionnent. Je crois que mon secrétaire vous a tout expliqué. Si vous n'arrivez pas à gérer les finances du conseil de bande, que vous vous endettez constamment, je devrai faire des rapports afin de vous mettre sous tutelle.

C'est vrai. Je ne suis pas très bon avec les chiffres. Quand un homme vient me voir parce que sa famille meurt de faim, j'oublie de compter. C'est pour moi une chose insupportable de regarder les gens mourir de faim. Peut-être qu'ici, dans ce bureau, vous êtes capable de le faire. Mais, moi, là-bas, je ne peux pas. C'est ma famille. C'est mon monde. C'est ma responsabilité.

Le ministre était vexé par cette remarque. Il a sourcillé en se raclant la gorge. Mais le chef n'avait pas fini de dire le fond de sa pensée.

Mais vous. Vous savez compter. Vous êtes excellent dans ce domaine. Peut-être que vous pourriez m'aider. Je me trompe sûrement, mais j'ai entendu à la radio un journaliste parler de la dette de ce pays. Il parlait de plusieurs centaines de millions de dollars. J'aimerais, comme vous, savoir compter et gérer les finances. Voyez, nous ne sommes endettés que de quelques dizaines de milliers de dollars. Vous êtes meilleurs que nous avec l'argent.

Le ministre ne l'a pas laissé continuer dans cette veine. Il a interrompu la rencontre qui n'en était pas une officiellement et a renvoyé le chef sans plus d'explications.

Le jour même, Antane a repris l'avion tard dans la soirée. Un chèque fraîchement imprimé dans sa valise. Arrivé à Uashat, il s'est empressé d'aller raconter son aventure à ses jeunes amis Mikue et David. Comment il s'était entêté et avait convaincu le ministre. David, qui avait toujours le cœur à rire, s'est esclaffé en entendant les négociations de leur ami. Mikue était abasourdi, impressionné. Il ressentait de l'admiration pour leur chef. Ils en ont parlé durant des heures. Ils voulaient tous les détails.

Le soir, dans sa maison, Antane s'est dit en lui-même qu'il avait compris là une leçon qui lui serait fort utile pour tout le reste de son travail de chef, le reste de sa vie. Un Indien est quelqu'un d'acceptable tant qu'il demeure dans sa réserve. Lorsqu'il en sort, il devient dérangeant, inadéquat, pénible. Il faut vite s'en débarrasser. Quitte à devoir signer un chèque de quelques dizaines de milliers de dollars pour l'y renvoyer.

Au coin de la rue Arnaud, l'église blanche se détériore. Les fenêtres sont barricadées. La clôture en métal est rouillée. Plus personne ne vient y prier ou s'y confesser. Les bancs en bois ont été vendus. Les vitraux, enlevés. Le chemin de croix, rangé au presbytère, lui aussi laissé à l'abandon. Au fond de l'église, sur la mezzanine, la mélodie de l'orgue et le chant des enfants se sont tus. Ce qu'il reste du bâtiment c'est le souvenir.

Bien sûr, avant la désuétude, il y a eu l'élévation. Bass était adolescent la première fois qu'il est entré dans l'église blanche. La construction n'était pas achevée. Des murs en bois pas verni, une toiture sans plafond, une estrade sans croix. L'odeur de sciure de bois. L'écho des bruits de pas. C'était la première église bâtie sur la Côte-Nord. Un matin, Bass s'y est rendu avec son père.

Maxime n'avait jamais été très pratiquant. Il était resté attaché aux premières coutumes qu'il avait apprises. Il croyait en Tshishe-Manitu, le Créateur. Il n'avait jamais eu besoin d'un lieu sacré pour se recueillir. Ni de statue pour avoir la foi. Ce qu'il avait vu étant enfant, la survie dans Nutshimit, était pour lui une révélation suffisante de la bonté, de la grandeur de celui que les prêtres appelaient Dieu.

Mais voilà, depuis quelques années, il ne vivait plus dans la forêt. La minuscule maison en bois dans laquelle il s'était établi avec sa femme et ses enfants était bâtie sur la réserve. Il n'allait plus dans Nutshimit. Ni pour chasser ni pour pêcher. La maigre ration que le gouvernement donnait aux Indiens pour leur subsistance ne suffisait pas à nourrir sa famille. Si nombreuse. La ville l'avait appauvri. La vie dans la réserve le privait d'exercer son travail de trappeur. Et aucune compagnie blanche ne songeait à donner un travail sérieux aux Indiens.

Le père n'était pas pratiquant, mais il avait la foi. Il n'était pas blanc, mais il était sérieux, travailleur et intelligent. Il savait que tout ce qu'un Blanc était capable de faire avec ses mains, il le pouvait, lui aussi. Construire une maison, paver des rues, ériger des édifices plus hauts qu'il n'en avait jamais vu.

La seule chose qu'il était incapable de faire était de cesser d'être indien.

Il n'était pas venu se confesser ni se lamenter sur sa situation. Il était venu faire un marché avec Tshishe-Manitu. Il lui fallait un travail de Blanc. Il lui fallait un miracle. Il avait longtemps réfléchi à la manière dont il obtiendrait ce dont il avait besoin. Comment tordre les lois sociales, se faire une place dans ce monde nouveau, lui l'Indien de la forêt. Il n'avait pas dormi durant des semaines. Soudainement lui était venue cette idée. Dès que l'église serait érigée, il s'y rendrait. Et là, il se conformerait aux méthodes blanches de la prière. Se découvrirait en signe de respect. S'agenouillerait. Baisserait la tête. Peut-être même qu'il joindrait ses mains devant sa poitrine. Et dans la langue qui était la sienne, il ferait sa requête à Tshishe-Manitu.

C'est ce qu'il a fait. Le père désespéré. Dans l'église pas encore achevée. Agenouillé, parlant à voix basse, devant un mur vide. Le fils seul avec son père. Son père, seul avec sa foi. Bass a écouté la prière de son père :

J'ai besoin d'un travail. Je dois nourrir ma famille. Je n'ai plus le droit de trapper comme je l'ai toujours fait. On m'a enfermé dans cette réserve que d'autres ont bâtie. J'ai perdu mon rôle de pourvoyeur envers ma femme, mes enfants. On m'a tout pris. Si tu es Tshishe-Manitu, le seul vrai Dieu, donne-moi du travail. Et je promets qu'en échange, je travaillerai tous les jours de ma vie sans jamais me plaindre.

Ç'a été la première prière prononcée à haute voix dans ce lieu sacré. Comme seul témoin, un fils surpris par la cérémonie de son père. Sans geste ostentatoire ni rituel à l'encens.

C'est de cette manière que la première église construite sur la communauté de Uashat fut inaugurée. Dans le plus grand secret. Par la simple prière d'un Innu né dans la forêt. Dans une langue ancienne, celle du Nutshimit. Inaugurée par un père de famille venu demander l'impossible pour ses enfants.

Et Tshishe-Manitu l'a agréée.

Des dizaines d'années plus tard, le père de Bass a inauguré un autre bâtiment. Publiquement cette fois-ci. Le premier centre commercial de la ville de Sept-Îles : les Galeries montagnaises. Ses patrons avaient surnommé Maxime : l'homme aux quarante heures. Jamais durant toute sa carrière de charpentier, il n'a manqué une seule journée de travail.

On l'appelle Mikue. Son nom de baptême est Marc-André. Mais sa grand-mère maternelle, Kueta, la sœur de Mani, incapable de prononcer correctement son nom, l'avait débaptisé dès sa naissance. Et c'est resté. Maintenant que Mikue est devenu vieux, plus personne ne se souvient de son véritable nom. Lorsqu'il s'était présenté comme candidat à la chefferie pour la communauté, sur les pancartes électorales placardant les fenêtres de ses partisans et sur les bulletins de vote officiels, c'était ça qui était inscrit : Mikue. Il valait mieux ne pas prendre le risque d'embrouiller les électeurs et, peut-être par malheur, perdre un vote. Malgré ça, il n'a pas été élu chef. L'embrouille était ailleurs.

Il a fait sa carrière comme chauffeur d'autobus scolaire. Plus d'une trentaine d'années à transporter les élèves de sa communauté. Matin, midi, soir, dans les écoles primaires et secondaires de la communauté et de la ville aussi. Mikue avait le sens des affaires. Il a donc monté sa propre compagnie d'autobus. Il a acheté un autobus. Puis un autre. Puis un autre. Il a engagé des chauffeurs. Il répondait aux besoins de transport scolaire de sa communauté. Il a donc cherché à développer sa compagnie. Il a soumissionné pour les écoles provinciales, celles de la ville. Il a fait une bonne offre. Pour la commission scolaire, ça semblait intéressant. Mais ne devient pas fonctionnaire qui veut dans la haute bureaucratie municipale. Sa soumission a été refusée. Apparemment, son permis de transporteur n'était valide que dans les réserves. Il a compris que c'était peine perdue. Sa compagnie n'a jamais eu l'ampleur qu'il aurait souhaitée, mais elle existait. Lui gagnait bien sa vie et il créait du travail pour six autres chauffeurs d'autobus comme lui. C'était satisfaisant.

Quelques mois après la défaite électorale de Mikue, les membres du conseil de bande ont eu une illumination. Et si le conseil de bande achetait des autobus et engageait des chauffeurs pour transporter les élèves dans les écoles de la réserve et de la ville. C'est ce qu'il a fait, le conseil. Mikue perdait ainsi son seul contrat. Il n'a pas eu le choix. Le vieil homme a vendu ses autobus, mis à pied ses employés, pleuré un bon coup sur l'héritage qu'il n'avait plus pour ses enfants, pleuré sur la compagnie à laquelle il avait dédié sa vie. Jusqu'à ce que sa déception, sa colère passent. Ça a pris quelques mois.

Une chance, Mikue avait acquis certaines compétences en affaires durant ses années de propriétaire. Le montant qu'il avait reçu pour la vente de ses autobus ne brûlerait pas, il le ferait fructifier.

Dans le fond de son ventre, il avait un vieux rêve. Il avait passé sa vie à transporter des élèves d'une maison à une école, d'une école à un centre sportif, d'un centre sportif à une rue de Uashat. Passé sa vie à faire de courts allers-retours entre Uashat et Maliotenam. Des trajets d'une dizaine de kilomètres. Rarement, son travail l'avait amené au-delà de Sept-Îles sur la route 138. Il avait été, durant toutes ces années, restreint dans ses chemins. Réservé malgré lui. Son rêve bouillonnait dans son ventre. Il voulait devenir transporteur pour sa communauté. Transporter tout ce que les Innus désiraient transporter. À partir de toutes les grandes villes du Québec, de l'Ontario, de l'extrême ouest du Canada, jusqu'à leur maison. Mikue n'aurait de limites que celles qu'il s'imposerait. Que celles qui seraient économiquement non rentables. Et même ça. Si le voyage en valait le coup. Il voulait rouler sur les chemins les plus éloignés, s'arrêter dans les stations-service les plus croulantes, dormir dans les motels les plus reculés, et transporter les meubles, les ski-doos, les quatre-roues, le bois rare, le matériel d'artisanat, les œuvres sculptées. Tout ce qui n'entrait pas dans une enveloppe ou une boîte. Tout ce qui nécessiterait un camion de 26 pieds pour être livré.

C'est ainsi que Mikue est devenu le premier transporteur de Maliotenam. Le premier depuis son père, qui lui aussi avait transporté toutes sortes d'objets d'une communauté à l'autre, dans les années 1940. En raquettes et en canot. Mikue était fier de suivre les traces de son père.

Après plus d'un an à gérer sa nouvelle entreprise, Mikue était convoqué par la cour municipale de Baie-Comeau. La cour lui reprochait de ne pas avoir rempli correctement les formulaires d'inspection requis pour le transport de marchandises. Ce qui était vrai. La défense de Pipo ne tenait qu'à un point. Il ne cherchait pas à défier la loi. Il voulait s'y soumettre comme tout transporteur, pour lui aussi gagner sa vie. Mais il ne lisait pas bien en français. Le parlait malhabilement. Il ne souhaitait qu'une chose, c'est que tous les formulaires soient écrits dans sa langue : l'innu-aimun.

Il disait :

Pour les francophones, il y a les formulaires écrits en français. Pour les anglophones, il y a les formulaires écrits en anglais. Et pourquoi, pour nous les Innus, il n'y a pas de formulaires écrits en innu-aimun ?

C'était un fait. C'était logique. Mais personne n'avait osé se défendre ainsi contre la loi. Elle était loin cette pensée. Loin des Innus. Cette idée qu'ils auraient droit à un statut égalitaire et fondé sur la légitimité de leur langue et de leur histoire sur ce territoire. Les lois, les gouvernements, les nouveaux noms donnés aux lieux traditionnels. La réserve, les écoles de jour, puis les écoles innues copiées sur les écoles gouvernementales, la suprématie de la culture blanche, la passivité, tout ceci avait fait des Innus des gentils. Des étrangers pour les nouveaux habitants. Des êtres profondément colonisés.

Mikue était convoqué à neuf heures le matin. Il a attendu plus de deux heures. La procureure, une grande femme blonde dans la quarantaine, l'a d'abord rencontré en privé. Dans le parloir de la cour, elle a tenté de dissuader l'entrepreneur de se rendre à la barre, contestant déjà sa défense, sachant que, dans ce tribunal, ses arguments n'auraient aucun poids. Mais Mikue a insisté. La procureure a haussé les épaules et elle a quitté le parloir.

La scène était digne d'un film des années 1950. Un vieil Innu à la barre des accusés. S'exprimant difficilement en français. Une chemise brune rayée, les boutons de sa chemise tendus au niveau du ventre, de vieilles bottes en caoutchouc brun, des cheveux gris en broussaille, un nez marqué par une cirrhose trahissant d'anciennes années d'alcoolisme. L'aîné à l'ouïe fatiguée.

Il a dit :

J'ai reçu les papiers à remplir et je n'ai pas su quoi en faire. J'ai demandé de l'aide autour de moi, et personne n'a pu m'aider. J'ai rempli de mon mieux. Je suis un homme âgé et je me suis senti comme durant mes années de pensionnat. Ignorant.

Je vis de la discrimination. Je ne parle pas bien le français, je ne peux pas lire en français. On m'a dit que j'étais analphabète. On m'a humilié à cause de ça.

Je veux seulement travailler et offrir du travail à mes petits-enfants qui, eux aussi, ont des difficultés à l'école. Mon père était un transporteur lui aussi. Il transportait tout sur son traîneau. Il faisait du commerce lui aussi. Je veux avoir le droit de faire comme lui.

Je veux que les formulaires qu'on me demande de remplir soient écrits dans ma langue maternelle. La première langue à avoir été parlée sur ce territoire. Je ne veux plus être discriminé.

Puis il s'est tu. La juge l'a laissé parler jusqu'au bout. Il était reconnaissant pour ça. Elle a résumé la défense de

Mikue sans y apporter de nuances. Il y avait chez elle de la bienveillance. Mikue a quitté le tribunal, satisfait de sa démarche.

Mikue a attendu des mois avant de recevoir le jugement.

Un soir d'hiver, Mikue a reçu une enveloppe jaune, gouvernementale.

Il a demandé à sa petite-fille Abby de lire la lettre à haute voix. Elle a lu chaque argument de son grand-père, argument défait par la loi. Elle a lu que personne ne reconnaissait son droit à transporter sur le territoire du Québec, même si ses ancêtres avaient exercé ce travail avant lui. Elle a lu qu'un transporteur, quel qu'il soit, devait se soumettre à tous les exercices de son métier et trouver une manière d'y arriver par lui-même. Elle a lu que sa langue n'était pas une des langues officielles et reconnues par le gouvernement et qu'ainsi rien n'obligeait le gouvernement à traduire ses documents en innu-aimun. Et la cour municipale se déchargeait de la discrimination que vivait Mikue sur la Charte des droits et libertés du Canada.

Abby a fini de lire le jugement et elle a gardé les yeux baissés. Leur langue n'était pas officielle. Qu'était-elle alors ? Qui étaient-ils ? Elle a détesté le jugement. Détesté le gouvernement.

Mikue lui a dit :

Ce n'est pas fini.

Mikue lui a rappelé qu'avant de devenir transporteur, il avait possédé une entreprise d'autobus. Durant vingt ans, il avait effectué toutes les inspections que le gouvernement réclamait. Il avait travaillé pour sa communauté, transportant les élèves dans chacune des trois écoles de Uashat et Maliotenam, matin et soir. Bien sûr qu'il était en mesure de répondre aux exigences quant aux normes des transporteurs de marchandises. Mikue, l'analphabète, avait toujours trouvé le moyen d'y parvenir.

Mais cette fois-là, quand il s'était fait arrêter sur la 138, essayant de gagner sa vie après avoir dû vendre sa compagnie d'autobus faute de contrats, il avait décidé que les choses devaient se passer autrement. C'était une question de principe.

Il a raconté à sa petite-fille que, toute sa vie, il avait vu les Innus se faire voler. Toujours un peu plus. Sa culture brisée. Davantage. Et davantage.

Il lui a dit qu'il paierait l'amende sans aucun souci.

Il lui a dit qu'il voulait seulement défendre la langue de sa mère.

Dans notre appartement, à Limoilou, ma mère était la seule personne qui parlait en innu. De mes sept ans jusqu'à l'âge adulte, c'est la seule que j'entendais me parler dans ma langue. Mes sœurs, mon frère et moi, nous parlions en français. Avec elle. Entre nous. Avec nos amis. Dans nos classes. Dans notre quartier. Dans l'autobus. Partout où nous allions, on nous parlait en français. Sauf avec elle. Elle continuait à nous parler en innu.

À la maison, ça allait. Nous étions entre nous. Dans l'intimité. C'était correct de l'entendre parler notre langue. Mais dès que nous étions ailleurs, au restaurant ou à la bibliothèque, je ressentais une sorte d'inconfort. À vrai dire, je lui en voulais un peu. Comme si ma peau brune et mes cheveux raides ne créaient pas suffisamment cette distance entre moi et les autres.

Adolescente, je ne saisissais pas l'importance de parler ma langue. Elle me semblait désuète, fragile à l'extrême, en état d'extinction. Pour ne rien arranger, j'étais excellente en français. La meilleure de ma classe jusqu'à la fin de mon secondaire. Mais lorsqu'il s'agissait de bien accorder mes verbes en innu-aimun, de prononcer correctement, c'était de travers que j'y parvenais. Je me faisais reprendre sans arrêt. Je me sentais diminuée.

Comme toute bonne adolescente, j'ai eu envie d'abandonner cette part de moi qui me gênait. Qui m'enlisait. Exposant ma nullité.

Mais elle insistait, ma mère. La fille d'Alice. Elle me parlait en innu constamment. Je disais okay. Elle disait ekuan ne nitanish. Je disais merci. Elle disait Eka tapue tshinashkumitin. Je ne m'en suis jamais sortie.

Ça a pris des années de lutte avec moi-même pour saisir. Pour comprendre. Pour être reconnaissante.

Ce que je ne savais pas, c'est qu'une langue est plus qu'une langue quand elle est maternelle. Elle offre une vision du monde, au-delà de ce que nos sens peuvent percevoir. En français, on appelle ça la poésie. En innu, c'est nikamun, notre chant.

Un jour, j'étais dans un festival de littérature en Écosse. J'y avais été invitée avec une poète réputée, Joséphine Bacon. Une femme que j'adore. Nous étions à une soirée de lecture. À tour de rôle, avec les autres auteurs, nous avons lu des extraits de nos œuvres devant un public anglophone. Joséphine a fait comme elle fait toujours. Elle a d'abord lu dans notre langue, celle dans laquelle elle écrit ses poèmes, puis elle a lu la traduction en français, pour finalement être traduite en anglais pour les auditeurs qui, avant même d'avoir tout saisi, étaient émus. Avant de terminer sa prestation, elle a sorti de ses poches un papier plié en quatre. Elle a dit qu'elle avait un nouveau poème qu'elle venait d'écrire sur le coin de la table de bistro où nous avions dîné quelques heures plus tôt. Elle voulait nous l'offrir :

Apu tapue utshimashkueupaniuian pemuteiani
Anikashkau nishpishkun miam tshiashishkueu
Nuatshikaten
Miam ishkueu ka pakatat
Miam ishkueu ka peshuat auassa pemuteti

J'étais assise dans la première rangée. Je l'écoutais. J'ai pris conscience à cet instant que j'étais la seule dans toute la salle à comprendre ce nouveau bijou de poésie qu'elle nous lisait. La seule dans toute la ville d'Édimbourg. Peut-être la seule dans toute l'Écosse. J'ai accueilli ce poème comme un cadeau précieux. Comme si Joséphine ne l'avait écrit que pour moi. J'étais fière de pouvoir comprendre ses mots. J'étais fière qu'elle lise en innu-aimun. Tout là-bas, à l'autre bout du monde. Notre langue existait. Joséphine la faisait résonner avec toute la beauté et la richesse de son talent. Et les gens l'écoutaient attentivement, comme une prière.

Elle a ensuite traduit son poème en français :

Je n'ai pas la démarche féline
J'ai le dos des femmes ancêtres
Les jambes arquées
De celles qui ont portagé
De celles qui accouchent
En marchant

Elle a eu droit à une avalanche d'acclamations. Moi la première, je me suis levée de ma chaise. J'étais reconnaissante.

Des années plus tard, j'ai donné une formation sur la création littéraire à des enseignantes de l'innu-aimun. Le contrat consistait à donner aux enseignantes des idées d'exercices à faire dans leurs classes pour encourager l'écriture en innu-aimun de leurs jeunes élèves. J'avais déjà donné plusieurs ateliers d'écriture au courant des dernières années. C'était une compétence que je maîtrisais bien. J'éprouvais du plaisir à le faire. Mais cette fois, c'était différent. D'abord, il fallait que les exercices d'écriture soient en innu-aimun. Puis, j'allais m'adresser à des professionnelles de ma langue. Ça augmentait le niveau de difficulté. Significativement. Mon niveau de stress aussi. Heureusement, je pratiquais davantage ma langue à ce moment-là que durant mes années d'adolescence, mais étais-je capable de donner une formation complète d'une heure trente en innu-aimun?

Je me suis lancée. Rassemblant tous mes efforts et ma meilleure diction, mettant de côté mon orgueil et mes lacunes langagières encore présentes, je l'ai fait. Après la formation, j'étais épuisée comme si j'avais couru un marathon. Fière. Heureuse.

Le soir m'est revenue en mémoire cette chose que ma mère faisait quand nous étions petits. Elle sortait un livre d'histoire emprunté à la bibliothèque municipale. Nous nous installions tout autour d'elle. Je m'assoyais sur ses genoux puisque j'étais la plus jeune. J'avais devant moi des images colorées de maisons en pain d'épices et de chats qui parlent. Je ne savais pas encore lire. Ma mère nous racontait les histoires des trois petits cochons, celle de la grenouille qui se transforme en prince, celle des tortues géantes, en innu-aimun. Elle faisait de la traduction simultanée. Au fur et à mesure qu'elle tournait les pages, elle inventait des mots qui n'existaient pas dans notre langue. Elle nommait le dragon atshinepik^{u} ka shishtikuatak ishkuteunnu, le serpent cracheur de feu. Les châteaux ka ashiniut shashish utshimautshuap, la vieille maison des rois toute en pierres.

Forcément, de là est née mon envie d'écrire, de créer. Dans les mots inventés par ma mère, pleins de couleurs et de textures. Pleins de liberté et d'images.

Dans les années 1980 est né le premier band à succès
innu au Québec : Kashtin. Les plus vieux se rappellent.
Les rythmes entraînants. Le duo choc.
La guitare de Florent et la voix rauque de Claude.
La langue mélodieuse chantée par des milliers
de Québécois qui hurlaient à tue-tête des paroles
dont ils ne comprenaient pas le sens.

Peut-être avions-nous finalement trouvé
un terrain d'entente entre Premières Nations
et Québécois : la chanson.

Mais il y a eu la crise d'Oka en 1990. Les plus vieux vous
le diront. On n'a plus jamais entendu jouer les chansons
de Kashtin à la radio. Les autorités ont insinué que les
chansons en innu-aimun étaient des appels à la guerre.
Le boycott a été total. Une fois encore, la peur de l'Autre
a pris le dessus sur l'harmonie naissante.
Voici ce que Kashtin chantait :

Ashtam nashu itaku uitsheuakan
Ashtam nashu itaku
Tshe uitamatan kie nin ishi-tshissenitaman
Tshe uitamatan kie nin ishi-pikutaian

Son ami lui dit : viens suis-moi
Allez suis-moi
Je te révélerai ce que je sais
Je te montrerai les richesses de ma culture

KASHTIN

Dans sa cuisine, ma tante Lisette coupe la moelle des os de caribou sur une planche en bois. Ce sont des cylindres roses, mous et gras, d'un centimètre de diamètre. Longs d'à peu près vingt centimètres. Elle les coupe en rondelles.

Assise devant elle, je nettoie les os de la manière qu'elle me l'a appris. En grattant la chair collée sur l'os avec un petit couteau aiguisé. Mes mains sont tachées de sang de caribou. Celles de Lisette sont grasses.

Sur la cuisinière, dans l'énorme marmite mijote un bouillon gris et gras, sans cesse, depuis des heures. Ce sont les extrémités des os que mon oncle a pilées en les martelant avec ses outils en fer. Ça laisse dans l'air une odeur de viande et de bouilli. Mes vêtements en resteront imprégnés, je le sais. Peu d'Innus pratiquent encore l'art de la graisse de caribou. Celle qui rend les soupers haut de gamme lorsqu'elle est servie. Peu arrivent à la rendre aussi blanche que possible. Tirer des os le maximum de graisse. Des journées entières de travail sont nécessaires pour apprêter le caviar des hommes des bois.

Tout à coup, ma tante se lève. Elle me dit :

Ne bouge pas.

J'ai un os dans ma main et, dans l'autre, mon couteau.

Elle s'approche de moi. Avec le bout de ses doigts huileux, elle frotte mes deux tempes. Elle me dit tout doucement :

C'est pour que tu te souviennes de tes rêves.

En retournant s'asseoir, elle me confie :

Mon père faisait ça avec nous quand nous étions petites.

Et son geste me remplit.

Le grand-père Mishen regarde par la fenêtre du salon. La nuit a enveloppé son village tout entier. Le lampadaire au coin de la rue n'a pas été remplacé. L'obscurité gruge la faible lumière des maisons. C'est une nuit noire, froide, sans âme.

Tout à coup, il aperçoit des enfants courir dans la rue. De jeunes enfants, beaucoup trop petits pour se promener seuls dans l'obscurité. Ce n'est pas possible, qu'il marmonne entre ses dents.

Hier matin, à son réveil, peu avant l'aube, deux jeunes filles marchaient en titubant. Ivres bien avant l'âge. Se soutenant l'une l'autre par les épaules. Il a hoché la tête en désapprouvant.

Le grand-père Mishen est vieux. Un vrai vieux. Incapable de vivre dans les nouvelles coutumes de la communauté. Il voit dans le changement la dégradation et la perte. Il se dit, comme un vrai vieux, que c'était mieux avant.

Deux de ses petits-fils, Carl et René, jeunes et forts, sont venus lui quêter de l'argent hier. Ça lui a fait mal de leur donner quelques billets. Sachant qu'ils iraient acheter de l'herbe. Fumer des joints devant leur ordinateur. Ne rien faire de leurs mains et de leur tête. Ça lui a fait mal de les voir ainsi. Négligeant ce qui pour lui est essentiel, ce qui avait tant de valeur aux yeux de ses parents : le travail de leurs mains.

Il a fait un infarctus il y a à peine un mois. Il a bien cru y rester. Les scanners lui ont révélé l'état lamentable de son cœur. Pourtant, il avait ressenti les signes précurseurs. Le battement qui s'affole, la difficulté à reprendre son souffle, les vertiges et les nausées. Mais il avait choisi de les ignorer. Hospitalisé à Québec durant trois semaines, il a été contraint d'arrêter de fumer. Il sait que le jour où il recommencera à fumer, ses mois seront comptés. Le médecin le lui a juré. Ça lui donne le courage pour ne pas flancher devant l'envie de griller une dernière cigarette.

Le vieux se demande ce que ça prendra. Carl et René ont accès à davantage de moyens que tout ce qu'il n'a jamais rêvé posséder quand il avait leur âge. Des emplois bien payés, des maisons meublées, de l'argent, des diplômes, la facilité, la possible oisiveté, les plaisirs. Tout à portée. Et pourtant, ils sont anxieux et seuls. Ils se défoncent pour trouver un semblant de paix.

Le regard du vieux se lamente devant la fenêtre du salon. Son instinct soupire.

Le père Mishen est assis sur les marches de la galerie de la maison pour itinérants. Avant, la bâtisse brune servait de foyer pour les adolescents délinquants. Maintenant, elle héberge les hommes qui ont tout perdu, jusqu'au toit sur leur tête.

Il a le regard égaré. Loin de tout. Il a la tête appuyée sur le mur de béton. Il n'entend pas. Ne voit pas.

Ce matin, Patrice et Denis sont venus chercher le père Mishen à la porte de la maison brune. C'est un jour important. C'est un jour d'élection. Patrice et Denis ne rigolent pas avec les votes. Chaque voix compte. Ils avaient un beau camion noir et le père Mishen les a suivis, sans protester. Les deux hommes engagés l'ont conduit à la salle communautaire qui sert de bureau de vote pour le conseil de bande.

En chemin, ils lui ont fait comprendre que, grâce à eux, ce soir, il aurait un repas chaud et qu'il dormirait une nuit de plus dans la maison pour itinérants. Ont-ils eu besoin de lui faire la promesse, comme le font les politiciens sans scrupules, que sa vie serait meilleure après son vote ? Lui ont-ils juré qu'un jour il aurait une maison, un travail et une voiture ? Ou l'ont-ils acheté, misérablement, petitement, avec un billet, une pilule, une bouteille ?

Le père Mishen a voté. Il a vendu son droit. Il est revenu à pied.

Le grand-père Mishen voit son fils. Assis là, sur la première marche de l'escalier. Le fils a le regard vide. Il est égaré.

Son fils avait une famille avant. Une femme et des enfants. Un travail qu'il a gardé quelques années. Une maison à entretenir. Il avait des rêves, des ambitions. Il avait une santé et l'idée de se construire un chalet. D'amener son vieux père à la chasse à l'outarde en avril comme lorsqu'il était petit. Il le lui avait promis. À Pigou, dans les marécages. Observant patiemment le passage des vols parfaits des outardes qui tracent le chemin au printemps.

Il était tard déjà, de nombreuses années avaient passé, quand le fils a réalisé qu'il avait tout perdu.

Que reste-t-il à voler à un homme qui n'a rien.

Le grand-père Mishen regarde son fils. Son cœur prêt à flancher, une fois encore. Il le voit. Il voudrait que son fils tourne la tête vers lui pour qu'il sache qu'il le voit.

La fille est jeune, belle et amoureuse. Elle a tout pour elle. Elle fréquente un garçon qui a tout pour lui. Le fils d'un homme important. Ça respire le désir, la passion, la douce folie de deux jeunesses qui s'adorent. Rien n'est comparable à ce sentiment-là quand on a seize ans.

Le garçon promène sa conquise dans la voiture payée par l'argent de son père. Il s'affiche avec elle. Il sait combien elle est désirable avec ses cheveux longs qui flottent au vent, sa taille fine, ses lèves foncées, ses lunettes fumées Michael Kors payées par l'argent de son père. Il roule lentement dans les rues de la réserve. Ce village n'est pas fait pour lui. Ça le désole de devoir y vivre. Étant donné la haute situation de son père dans cette réserve, il s'y résigne.

Elle l'observe observer la communauté. Elle n'a jamais connu d'autre endroit que les rues des galeries jusqu'à Arnaud. C'est là qu'elle est née, qu'elle a grandi. Dans la maison de sa grand-mère, puis de sa tante, la sœur de son père. Elle sourit. Elle a longtemps cru devoir parcourir le monde à la recherche de son prince. Heureusement pour elle, il était là. Tout près. Rien ne pourrait la déraciner maintenant. La vie qu'elle s'apprête à vivre avec lui, elle l'envie, comme si ce n'était pas la sienne.

Elle pose sa main sur sa cuisse. Il met sa main sur la sienne. La caresse doucement. Le soleil est brûlant.

À l'intersection de la rue Kamin et Pashin, un homme complètement ivre titube en plein centre. Il a la peau très foncée. Ses vêtements sont sales, usés. Ses yeux mi-clos. Inconscient, il cherche son chemin. Ne sait pas où il va. Ne s'en préoccupe pas.

Le garçon s'impatiente. Il baisse sa vitre. Il crie :

Dégage, maudit soulon!

Et l'ivrogne entend l'insulte. Lève un faible poing vers le garçon en grognant. Il décide de continuer son chemin vers la gauche. Il marche quelques pas, puis il chavire.

Le garçon est fier. Il a réglé la situation. Il ne s'aperçoit pas que sa copine a figé. Qu'elle ne lui rend pas son sourire moqueur. Que ses yeux s'embuent. Que son regard s'horrifie.

Elle s'écrie :

Je veux descendre. Arrête la voiture.

Il s'étonne. Ne saisit pas.

Arrête la voiture, je veux descendre, j'te dis.

Elle le roue de coups. Elle veut descendre.

Il s'arrête brusquement. Elle ouvre la portière. Prend son sac et court vers l'intersection de la rue Kamin. À bout de souffle, elle s'approche de l'homme assis sur le bord de la rue. Du revers de sa manche, elle sèche les larmes qui lui coulent sur les joues. Elle lui tend la main.

Papa, viens, je vais te ramener à la maison.

Il est né jumeau. Son frère était identique à lui en tous points. Leurs yeux bridés. Leur bouche foncée. Leur carrure de géant. Leurs mains larges. La grande beauté de leur visage. Leur voix grave quand ils criaient, se défendaient l'un l'autre. Le rythme de leurs pas, cadencés et lents. La douceur dans leur ton quand ils quêtaient une cigarette. Leurs épaules légèrement voûtées. La grisaille dans leur regard. L'un s'appelait Jumeau. L'autre s'appelait aussi Jumeau. Et personne ne tentait de les différencier. Personne n'y serait jamais arrivé.

Très jeunes, ils sont devenus orphelins. Les jumeaux. D'abord, il y a eu le père. Retrouvé mort au sous-sol de la maison familiale. Jumeau était petit garçon. Il n'a aucun souvenir de cette journée. Tout juste le cri de sa mère. Un cri aigu et long. Puis, il y a eu la mère. Elle avait pris soin de s'assurer que ce ne soit pas un de ses jumeaux qui la découvre dans le cabanon derrière la maison. C'est Jumeau, quand même, qui l'a trouvée.

Les jumeaux sont allés vivre chez leur grand-mère Caro qui était aussi notre voisine à la maison sur la rue

Kamin. Tous les jours, je les voyais ensemble. Ils jouaient dehors, volaient des bicyclettes, couraient après les voitures de police. Ils se partageaient un sac de chips, une liqueur froide en canette, un sac de bonbons mélangés. Ils jouaient dans le parc au bout de notre rue, allumaient des petits feux dans le bois derrière leur maison, se promenaient dans les rues de la réserve, jusqu'à très tard dans la nuit. Ils riaient fort en se tapotant le dos, ils ne laissaient jamais l'autre Jumeau se battre seul, ils s'assoyaient sur les marches de leur maison, entourés de leurs amis. L'un à côté de l'autre. Soudés. Dans les petits délits. Jusque devant la cour municipale, des années plus tard.

Momentanément, une amoureuse venait les séparer. Un jour, Jumeau est parti vivre à Québec. Il a tout abandonné pour suivre sa chérie. Il a laissé Jumeau dans la maison de leur grand-mère qui les avait quittés depuis quelques années. Il n'a pas dit quand il reviendrait.

Sans son jumeau, les choses ont dérapé. Là-bas, à Québec, Jumeau a dû plaider sa défense devant un tribunal. Pierrette, une femme de Uashat, est venue raconter au juge tout ce qu'elle savait de la vie de Jumeau. Les pertes, les drames, la survie. Les faits racontés étaient tels que l'avocat de la Couronne n'a pas eu d'autre choix que de consentir à une peine moins sévère. Selon la justice, Jumeau faisait partie de ces gens qui n'étaient pas totalement responsables de leur crime. La société, tout ce qu'il avait subi, l'enfance brisée, l'effondrement du clan familial l'avaient poussé à cet acte de violence. Une fois sa peine terminée, Jumeau est retourné vivre dans la maison de sa grand-mère. De nouveau, les jumeaux pouvaient compter l'un sur l'autre. Avec toujours les bras de leur jumeau pour se défendre et se protéger.

Deux ans plus tard, Jumeau a enterré son jumeau. Il a regardé dans le cercueil, il a vu comme dans un miroir. La parfaite symétrie de son visage. Sa souffrance à lui, celle qui ne s'enterre pas. Qui le laissait vide et meurtri. Jumeau n'avait jamais envisagé se retrouver seul. De perdre la moitié de lui-même.

Les gens de Uashat ont pleuré pour les jumeaux. Moi aussi j'ai pleuré. Pour celui qui était parti et pour celui qui restait. Personne n'aurait été capable de porter tant de souffrances sans en crever. Je crois que pour cette raison, Dieu les a créés en double. Afin que l'un porte les fardeaux de l'autre. Que l'autre se tienne debout quand l'un tomberait.

Et malgré ça, il n'est resté qu'un Jumeau.

Chaque fois qu'il pose les yeux sur elle, Patrick se souvient. Quand il la regarde, il cherche encore le moyen de se faire pardonner.

D'aussi loin que Patrick se souvienne, il n'avait jamais eu aucune limite. S'il désirait quelque chose, il n'avait qu'à se servir. S'il y avait des entraves, il n'avait qu'à les défoncer. Si ça mettait quelqu'un en colère, ce dernier n'avait qu'à crever. Très grand, les épaules solides et une mâchoire à encaisser tous les coups de poing à mains nues qu'il recevait depuis son enfance, Patrick ne connaissait pas la peur. La peur des autres, la peur des conséquences, la peur de se faire prendre ou même la peur de mourir. C'était autre chose qui le motivait, dans laquelle il trouvait le désir et l'estime qu'il recherchait.

Un jour, en cellule pour voies de fait, son meilleur ami, emprisonné lui aussi pour voies de fait, lui a dit :

T'es un fou Pat. Pat-le-fou.

Et c'est resté. Pour tous, il était désormais Pat-le-fou.

En sortant de prison, il a recommencé son commerce illicite. Depuis des années, il était revendeur de drogue.

Le séjour en cellule lui avait fait découvrir de nouvelles opportunités. Son ambition avait grandi. Il voulait étendre son territoire. Il voulait prendre possession de tout le cartel de sa communauté. C'était le début des speeds. De petites pilules pas chères, à vendre sans modération. Ça vous faisait tenir des jours, sans manger ni dormir, à boire et à rire, à danser, à divaguer, à se chamailler, à chercher le moyen d'en ravoir. À ne plus être. À en oublier ses peines et ses regrets, sa femme et ses enfants, le compte en banque vide et le chômage à remplir. Des bonbons pour les désespérés. Un calmant pour l'esprit alors que le cœur pompe le sang à tout rompre. Assurément, il y avait un profit énorme à en retirer pour Pat-le-fou.

Aussi sombre soit-il, il existe des lois dans cet univers de revendeurs. Si quelqu'un ne s'y conforme pas, il est certain d'être battu, sa maison saccagée, ses os brisés. Jusqu'à ce qu'il se soumette ou qu'il disparaisse dans le fond des bois, retrouvé au printemps, à la fonte des neiges. Mais la soumission n'était pas un mot que Pat-le-fou connaissait. Il a foncé tête première, se ravitaillant directement dans la grande métropole, sans passer par les grosses têtes de la ville de Sept-Îles. Rapidement, il est devenu la principale source d'approvisionnement de son secteur. Il vendait moins cher, en plus grosse quantité et il ne manquait jamais de stock.

Les dirigeants du cartel ont cherché à l'intimider. En vain. Il n'était pas un gars ordinaire. C'était un fou. Capable d'affronter quatre colosses sans tomber sur ses genoux. Provoquant des gars beaucoup plus forts que lui, les injuriant, se défendant comme un grizzly dont on aurait frappé le petit. Une rage impossible à paralyser. Indomptable. Ils lui ont cédé le territoire de la réserve. C'était tout ce qu'il y avait à faire. Pat-le-fou pouvait dormir tranquille la nuit. Faire l'amour à sa femme. Continuer de revendre. Sans tourment, sans tracas.

Un jour d'hiver, très tôt le matin, à l'heure des désespérés qui cherchent leur dose, prêts à affronter les regards méprisants des lève-tôt, Marie-Claude est entrée chez Pat-le-fou. Par habitude, il s'est levé, s'est dirigé vers sa cachette pour chercher quelques pilules. En lui tendant la dose, il l'a regardée. Elle était à peine plus grande que sa fille quand elle avait neuf ans. Elle en avait peut-être douze, pas plus. Elle était pâle, les yeux complètement défoncés. Maigre, à la limite du possible. Elle avait des tics. Ses lèvres qu'elle mordait jusqu'au sang. Sa tête qui penchait sur le côté, qui sursautait sans raison. Elle était agitée. Elle suppliait de son regard. Devant l'hésitation de Pat-le-fou, elle a dit :

Juste une. Donne-moi-z'en juste une.

C'était une vision lamentable. Effroyable. L'enfer devant ses yeux. Quelque chose en lui s'est brisé. Il a reculé. Il lui a crié de sortir de sa maison et de ne jamais revenir. Elle s'est figée. Il l'a menacée, un poing en l'air. Elle a fui. Il a claqué la porte. Il est allé s'enfermer dans sa chambre. Fou de rage.

Sa femme a voulu aller le voir, mais il l'a menacée elle aussi. Elle connaissait son fou, son Pat. Elle est allée se réfugier chez sa mère.

Seul, durant plus d'une semaine, Pat-le-fou n'a parlé à personne. Il ne répondait plus au téléphone ni à personne qui venait cogner chez lui, avec insistance.

Sa femme s'est inquiétée de n'avoir aucune nouvelle de lui. S'imaginant le pire, elle a pris la décision de défoncer la porte de leur maison. Avec son frère, ils sont entrés de force par la porte arrière. Un silence de mort régnait dans toute la maison. Sans parler, ils se sont dirigés vers la chambre principale. C'est là qu'ils ont vu Pat-le-fou. Il n'avait pas mangé depuis plusieurs jours. Ne s'était pas lavé. Il était resté là, enfermé dans sa chambre, détestant la vie de fou que jusqu'à présent il avait menée.

Sa femme s'est approchée de lui. Il n'a pas reculé. Au contraire, il s'est engouffré dans les bras qu'elle lui tendait. Elle a dit :

Je sais mon amour. Je suis là mon amour.

À partir de ce jour, Pat-le-fou n'a eu qu'une seule idée en tête. Racheter ses fautes, quoi qu'il en coûte.

Il n'avait jamais eu de travail salarié ou légal. Il n'avait aucun diplôme. Tout ce qu'il possédait, il l'avait acquis par la force de ses poings. De ses mains. Et il savait que c'était avec sa force qu'il devait agir.

Il a fait une publication sur les réseaux sociaux. Il s'est porté volontaire pour aider les femmes monoparentales, les vieux, les personnes seules, tous ceux qui avaient des choses lourdes à porter et qui ne pouvaient le faire seuls. Il le faisait bénévolement. Il recevait un texto. Il appelait un ami ou deux, et ils rendaient service aux gens mal pris. Un frigo à vendre. Un autre à livrer. Un piano à déplacer. Des repas chauds pour les aînés. Pat-le-fou se donnait corps et âme. Sans rien attendre en retour. Sinon le sentiment de faire ce qui lui semblait juste. Il le faisait en pensant à elle. La petite avec la tremblote qui suppliait. Il le faisait pour qu'elle lui pardonne.

Les gens de Uashat se seraient moqués, si ça n'avait pas été lui. Pat-le-fou qui joue au bon Samaritain. Le même gars qui n'avait d'égard ni pour la loi ni pour les autres. Les gens l'observaient, suspicieux. Mais Pat-le-fou a continué. Sans être payé. Durant des mois.

Les gens de Uashat ont fini par être satisfaits de lui. Tout le monde parlait en bien de Pat-le-fou. On l'approchait sans crainte. Il avait réussi à gagner la confiance de la population. Pour ça, ils ont décidé de poser sa candidature comme conseiller. C'est sans surprise qu'il a gagné aux élections. Il était heureux. Il s'est dit en lui-même qu'ainsi il pourrait faire encore plus de bien autour de lui.

Dans la petite communauté de Uashat, ça n'arrive jamais que l'on change le surnom de quelqu'un. Il vous colle à la peau. Impossible de s'en débarrasser. Comme la lèpre. C'est d'autant plus étonnant que Pat-le-fou est devenu Pat-le-conseiller. Si, par mégarde, quelqu'un se trompe et l'appelle le fou comme avant, les gens de Uashat le reprennent. Fiers de ce que Pat est devenu. Peut-être, aussi, qu'il reste en eux l'inconsciente peur que le fou revienne et que leur nouveau Pat leur soit enlevé.

Mais il n'y a aucun risque qu'un tel revirement se produise. Parce que chaque fois qu'il pose les yeux sur elle, il se souvient. La petite Marie-Claude est devenue sa belle-fille. Elle a eu un enfant avec son fils Martin. Elle a fait de lui un grand-père. Lorsque son premier petit-fils est né, il le lui a promis. Il a promis à la petite boule minuscule qu'il tenait dans ses bras que le fou avait déserté. Très loin. Pour toujours.

Ma mère est revenue de Sherbrooke au mois de février. Quatre mois plus tôt qu'elle ne l'avait prévu. Un soir, je l'ai appelée parce que je n'allais pas bien. Je lui ai dit que je ne savais plus comment m'en sortir. Je ne voyais plus la lumière. L'alcool m'avait enfermée dans l'obscurité. Une fois encore. J'avais mal, donc je buvais pour oublier que j'avais mal. J'avais honte d'avoir bu. Et la douleur revenait. Constante. Plus intense.

Je ne lui ai pas demandé de revenir à Uashat. Je n'ai pas eu besoin de le faire. Elle m'a dit :

Veux-tu que je vienne, ma fille ?

Et le simple fait de l'entendre m'appeler *ma fille* m'a mis les larmes aux yeux.

J'ai dit :

Oui maman, j'ai besoin de toi.

Elle est arrivée une semaine après.

J'étais dans un état lamentable. La fatigue dans les yeux. La honte sur les épaules. Le corps lourd. J'ai pleuré. Dans ses bras. Enfin. Je n'étais plus seule.

Les jours qui ont suivi, elle m'a cuisiné une soupe au poulet et aux tomates. Elle m'a aidée avec les lifts à Marcorel. Elle a amené mon petit Leonard à la piscine. Il n'y avait dans ses gestes aucun reproche. Même si dans mon esprit j'aurais bien mérité quelques réprimandes. Plutôt, dans sa présence, je ressentais de la compassion. Un désir aussi fort que le mien de me voir me relever.

Il est écrit qu'à chaque jour suffit sa peine. Je sais que cette lutte, je devrai la mener quotidiennement. On ne peut pas changer le passé. Il est tel qu'il est. La seule chose que je peux changer, c'est aujourd'hui. Ma décision de rester sobre. Ce n'est pas gagné d'avance. Mais c'est le chemin que je choisis.

Papeikutshishikua.

Un jour à la fois.

La résistance n'est pas toujours celle qui est visible.
Faite de manifestations et de grands cris.

Peut-être que notre forme de résistance, à nous les Innus, c'est le combat silencieux, à l'intérieur de soi. Quand l'humain doit se battre contre lui-même. Contre ses croyances nocives, contre ses erreurs de parcours, contre les liens qui l'emprisonnent. Contre l'alcool.

Ce chant qui est devenu l'hymne de ma nation exprime parfaitement cette résistance. Parce que résister c'est avancer quand tout nous pousse à flancher.

Eukuan kanapua,
Eukuan kanapua ishinakuanitshe

C'est ainsi,
C'est ainsi que les choses devaient se passer

PHILIPPE MCKENZIE

Nous les avons regardés partir, nos enfants. Ils étaient si jeunes, innocents. Notre bébé suivant son grand frère, son protecteur. Notre cadette, s'agrippant à nos jupes, les yeux pleins de questions.

Lorsque les prêtres sont venus nous voir pour nous parler des pensionnats, des écoles qu'ils construisaient pour éduquer nos enfants, bien sûr, nous avons d'abord été contrariés. En quoi l'éducation que nous leur donnions n'était-elle pas adéquate ? Nous avons refusé de les laisser partir.

Mais ils sont revenus. Plus nombreux. Avec la police montée. Ils ont dit que l'école était prête à accueillir nos enfants. Les prêtres nous ont parlé de leur avenir. Qu'ils deviendraient très intelligents. Qu'ils feraient d'eux des avocats, des infirmières, des médecins, des prêtres. Nous n'avions jamais rencontré l'un des nôtres exerçant de telles professions. Nous les avons écoutés parce qu'ils étaient des hommes de Dieu. Nous les avons écoutés nous expliquer pourquoi nos enfants devaient vivre dans ces pensionnats, être éduqués dans une autre langue que la nôtre et apprendre d'autres métiers que ceux que nous avions toujours pratiqués. Nous les avons écoutés nous expliquer que la vie serait plus douce pour eux entre quatre murs que sous une tente. Ils nous ont dit que nos enfants seraient bien soignés, que plus jamais ils ne souffriraient de la famine, que nos enfants dormiraient au chaud toutes les nuits dans des lits neufs et des couvertures douces. Nous les avons écoutés et nous les avons crus quand ils nous ont juré que nos enfants grandiraient en sécurité.

C'est à contrecœur que nous avons encouragé nos enfants à prendre le train, le bateau, l'autobus qui les mèneraient au pensionnat. Nous les avons guidés jusqu'à la sortie de nos villages, de nos campements, de nos communautés. Nous les avons poussés doucement vers leur départ pour éviter que la police montée ne le fasse à notre place. Les plus petits se sont agrippés à nos jupes en criant. Nous avons durci le ton pour éviter que les prêtres ne le fassent à notre place. Nous leur avons promis qu'ils reviendraient dès que l'hiver aurait passé et que le printemps ferait pousser les bourgeons sur les branches des bouleaux. Nous avons caressé leurs longs cheveux noirs, déposé des baisers sur leurs joues.

Nous avons retenu nos larmes pour que nos filles et nos fils ne nous voient pas pleurer et qu'en nous voyant pleurer ils prennent peur. Mais nous avions le cœur brisé. Nous ne connaissions pas cette douleur avant qu'elle ne vienne briser nos cœurs.

C'était un sacrifice. C'est ainsi que nous l'avons subi. Nous devions sacrifier leur présence plusieurs mois par année. Leurs rires, leurs gestes pleins d'audace, pleins de vie, leurs voix au petit matin, leurs questions sur notre passé, leur aide pour les tâches quotidiennes, leurs idées lumineuses. Notre descendance. La promesse de notre culture. Sacrifiée. Au nom de la modernité et de ce monde nouveau dans lequel ils deviendraient bien plus grands que nous.

Il n'y a pas une journée où nous n'avons pas pleuré en pensant à eux. Ils nous manquaient. Terriblement. Leur absence a creusé un vide dans nos cœurs de mères, dans nos bras de pères, que rien, jamais, n'a pu combler. Ni le travail incessant. Ni les chèques du gouvernement. Ni les journées moins chargées qui nous ont amenés à l'oisiveté. L'oisiveté au désœuvrement. Ni les litres et les litres d'alcool qui nous engourdissaient l'ennui. Nous étions des parents sans enfant. S'il avait été possible que nos cœurs cessent de battre par chagrin, c'est à ce moment précis qu'ils auraient flanché.

Mais nous avons survécu. Le corps innu n'est pas quelque chose de faible. Le corps innu a supporté les famines, les tempêtes, les animaux sauvages, les inondations, les maladies, durant des milliers d'années. Bien avant la colonisation de notre territoire et de nos familles, le cœur innu a été éprouvé par Nutshimit. Se lever tous les matins avec la peur de ne pas chasser le gibier nécessaire à notre subsistance. Nos corps ont subi les assauts du Nutshimit, jour après jour, hiver après hiver. Jusqu'à être modelés par lui. Le cœur innu est devenu résistant. Dans nos gènes sont inscrits des milliers d'hivers de résistance. Dans nos cœurs, nous n'avons jamais cessé de croire.

Nous avons eu la foi qu'un jour, peu importe les chemins que nos enfants emprunteraient, peu importe les cadres dans lesquels l'étranger chercherait à les enfermer, peu importe le temps que ça prendrait, chacun d'eux, au moment propice, reconnaîtrait la richesse de notre culture.

Nous avons eu la foi que nos petits-enfants retrouveraient les traces de nos portages, la route de nos rivières, le chant de notre teuaikan.

Puis qu'un jour, riche de leurs nouvelles connaissances acquises sur les bancs d'école, assoiffée de ce qui nourrit l'esprit et apaise l'âme, forte de notre legs, notre nation serait à nouveau le monument qu'elle était dans le passé. Notre culture résisterait. Le cœur innu continuerait de battre parce que le Créateur l'aurait voulu ainsi.

Il est écrit que la foi est la ferme assurance des choses qu'on espère, la démonstration des choses que l'on ne voit pas encore. Rien n'indiquait que notre histoire nous survivrait, mais nous y avons cru. Là, dans nos cabanes en bois, privés de nos enfants, enfermés dans ces réserves que nous n'avions pas choisies, c'est tout ce qu'on avait, tout ce qu'il nous restait.

Croire en l'impossible.

Espérer.

Comme nos propres parents nous l'avaient enseigné. Dans chacun de leurs pas qui gravissaient les montagnes du nord. Quand ils nous portaient sur leur dos, qu'ils nous protégeaient. À cette époque où il n'y avait rien pour nous faire douter de la valeur de notre culture. De notre propre valeur.

Le train n'a pas été conçu pour Nutshimit. L'eau qui s'amoncelle au dégel. Les orages qui engrossent les rivières. Le flot qui monte, qui excède, qui s'agrippe sur les ponts et les barrages. Le sable et la terre qui se déplacent en amont. La chaleur. La sécheresse qui fait naître les feux au plus fort de l'été. Les vents qui excitent les monstres de flammes. Le chemin de fer mis hors service. La grêle des orages. Les troncs secs fendus. La foudre qui s'abat sur les abris des bêtes. La froidure de l'hiver. Le vent du nord, qui s'acharne sur les montages, s'intensifie devant les constructions humaines. La neige qui fige sur les rails. La glace. Les rafales. Le froid. Nutshimit n'a d'égard que pour lui-même.

Avant de prendre le train, je m'étais organisée. Comme ma grande sœur Arianne m'avait appris à le faire.

Je devais emprunter un chalet, avoir un ski-doo, carguer le ski-doo dans le train une semaine avant le départ – je m'étais renseignée comment faire – demander à mon oncle d'amener mon ski-doo au train, payer les frais de cargaison, acheter de l'essence, de l'huile à moteur, élaborer un menu, varié, réconfortant, ne rien emporter en trop, ne pas manquer de nourriture là-bas, paqueter mes bacs de nourriture, de vêtements chauds, de vêtements de rechange, de sous-vêtements, de plus de sous-vêtements, de papier de toilette, de literie en flanellette, de couvertures épaisses, d'oreillers, de mitaines, de tuques, de bas de laine, de jouets pour mon bambin, de couches pour une semaine – et plus si nécessaire –, d'allume-feu, de lampes-torches, du fusil de Marcorel, de munitions, d'hameçons pour la pêche sur glace, de fil de pêche, de raquettes, de mitaines, encore, de briquets à profusion, de collets à lièvres, d'un traîneau pour glisser ou pour rattacher au ski-doo, de corde jaune pour le traîneau, de mitaines, les plus chaudes, de jeux de cartes, d'une tuque de laine en plus pour on ne sait jamais, de Tylenol pour bébé, de Tylenol pour adultes, de la mini-trousse de secours – comme si j'étais capable de bander une plaie béante sans perdre connaissance –, de guimauves et de saucisses, de bonbons pour les journées froides et d'une dernière paire de mitaines. Parce que des mitaines, surtout celles qui sont très épaisses, prennent du temps à sécher suspendues au-dessus d'un poêle à bois.

Je ne devais rien oublier. Là-bas, dans Nutshimit, l'imprévisible peut arriver. La seule chose que l'on sait, c'est qu'il vaut mieux être prêt à toute éventualité. Je l'étais. Présomptueusement prête à passer six jours en forêt avec mes deux fils. Mon apprenti chasseur et mon bébé qui ne marchait pas encore.

Jean-Guy et sa femme nous accueilleraient à notre arrivée à Dolliver. Ils avaient accepté que nous allions les rejoindre dans leur territoire, sachant qu'il serait imprudent pour une mère seule de séjourner avec ses fils en forêt. Un lieu sans électricité et sans réseau. Hors de portée. Je me sentais en sécurité d'avoir de si bons guides.

J'avais connu Jean-Guy quelques années auparavant, lors d'un voyage organisé par l'école Manikanetish où j'enseignais. Je l'avais vu à l'œuvre dans Nutshimit. Seul, devant le froid glacial, seul sur le lac immense, seul sur sa table de cuisine, se remémorant son enfance, sa souffrance. J'avais confiance en cet homme. Un homme brisé. Il avait passé plus de temps dans son territoire que personne d'autre que je connaissais. C'est la vie dans Nutshimit qui l'avait reconstruit.

Je voulais l'écouter me raconter une fois de plus l'histoire de mes ancêtres. J'avais soif des récits qu'il partagerait avec moi autour des repas riches d'Anne-Marie. Mon appétit pour l'histoire passée de ma communauté me dévorait. Je voulais tout entendre, tout savoir. J'avais du mal à contenir mon enthousiasme en bouclant mes bacs bleus avec de la corde orange. Jamais de ma vie je n'avais mis autant d'efforts à me préparer pour un voyage.

Il faisait encore nuit quand nous sommes arrivés au train. Il faisait très froid. La veille du départ, j'avais tout cargué dans le train de marchandises. Il ne me restait qu'à embarquer mes sacs de voyage. Ma glacière dans laquelle se trouvaient les repas durant le trajet, le lait et les fruits pour les préserver de la congélation. Les jouets et les vêtements de rechange de mon bébé. Nos vêtements chauds pour le débarquement. J'ai pris un chariot pour transporter mes bagages jusqu'à l'intérieur de la gare. J'ai commencé à le charger avec entrain.

Le chef de train est arrivé derrière moi. Il a dit d'une voix forte pour qu'un maximum de voyageurs l'entende :

Il n'y aura pas de train ce matin. Il y a eu un déraillement en haut.

Je me suis approchée de lui, incrédule, j'ai demandé :

Est-ce qu'il partira aujourd'hui ?

Il m'a dit :

Non ma p'tite dame, pas aujourd'hui.

J'ai voulu savoir :

Et il partira quand ?

On sait pas m'dame. J'peux pas vous dire quand il partira.

Ça semblait être une annonce de routine pour l'homme de train. Moi, ça m'a démolie. En un instant. Mes espoirs, mon travail acharné, ma préparation méticuleuse. La fatigue accumulée. Ma fierté de mère d'amener mes fils dans le bois. Le repos que je souhaitais. Et les yeux de mes garçons que je voyais déjà éblouis par la grandeur de notre territoire, et les perdrix blanches, qui flottent en petits groupes, qui nous attendaient pour que nous les chassions, et la chaleur du feu après une randonnée en ski-doo, et les histoires de Jean-Guy en buvant un thé sucré.

Tout.

Déraillé.

Après l'annonce du chef du train, j'ai repris mes bagages, je les ai balancés dans le coffre de ma voiture et je suis partie. Mon garçon n'a pas parlé durant le trajet du retour. Il n'a pas posé de questions. Il ressentait ma colère et ma tristesse. Il a toujours ressenti, sans que j'aie besoin de lui exprimer, ma colère et ma tristesse. Ma joie et mes espoirs. Il y a ce lien qui nous unit, depuis le cordon ombilical, qui ne s'est jamais cassé. Sans doute était-il franchement déçu lui aussi, mais il n'a rien dit. Il a écouté, en silence, mes grands soupirs et mon incompréhension.

Durant les jours qui ont suivi, je me sentais abattue. Je posais mes yeux sur les bacs que je n'avais pas défaits. Chaque matin, je m'informais du train. De son départ imminent. Les jours passaient sans qu'aucune nouvelle date ne soit confirmée. J'attendais impatiemment que le train annonce son départ pour que je puisse me remettre à l'ouvrage. Les plans changeaient, mais je persévérais.

Puis j'ai reçu un appel.

Kuei, Naomi, Nin au An-Mani.

C'était Anne-Marie, la femme de Jean-Guy. J'étais ravie d'entendre sa voix et d'avoir des nouvelles. Je n'ai pas réalisé, sur le coup, que ce n'était pas possible qu'elle m'appelle de la forêt. Peut-être aurait-elle pu utiliser un téléphone satellite, mais alors le son aurait été saccadé, avec des bruits de parasites. Sa voix, au contraire, était claire, elle semblait être tout près.

Naomi, j'ai une mauvaise nouvelle. On est redescendus du bois en hélicoptère. Jean-Guy a eu malaise au cœur. On est à l'hôpital. Je ne peux pas vraiment te parler en ce moment.

Les larmes me sont montées aux yeux. Bien honnêtement, si j'ai pleuré à ce moment-là, ce n'était pas pour Jean-Guy, qui n'allait pas bien du tout. Mais une fois de plus, mon voyage était annulé. Je me sentais impuissante. Les idées dans ma tête roulaient à une vitesse folle. Ça m'a pris quelques minutes pour digérer l'afflux d'informations et d'émotions qui bouillonnaient. Anne-Marie entendait mon silence et, bien sincèrement, s'excusait de ne pas pouvoir nous accueillir.

J'ai dit, à contrecœur :

Je comprends, Ann-Mali. Ne t'inquiète pas pour nous. Donne-moi des nouvelles de Jean-Guy quand tu peux.

J'ai raccroché.

J'ai pleuré comme il faut. De vraies grosses larmes avec des sanglots. Égoïstement. Une petite mère sans ressources. Abandonnée à elle-même. Je n'arrivais pas à donner un sens à cette série de malchances. J'ai bien tenté de prier pour un quelconque miracle. Mais j'étais en colère. Amère. Atterrée.

Déjà cinq jours s'étaient écoulés depuis l'annonce du chef de train. Sur le coup, j'avais refusé de baisser les bras. J'avais appelé tous les hommes en qui j'avais confiance pour nous amener, mes fils et moi, dans la forêt. Mes oncles. Mon frère. Mes beaux-frères. Des amis. Chaque fois, je m'étais butée à des obligations familiales, des engagements autres, des excuses sincères. Chaque fois, mon espoir s'amenuisait. J'ai fini par m'en faire une raison. Ce n'était pas cette année que j'amènerais mes fils dans Nutshimit.

J'ai défait mes bagages petit à petit. Je réalisais, avec beaucoup de révolte, qu'une femme seule pouvait accomplir bien des exploits dans sa vie, mais qu'aller en forêt sans homme n'en faisait pas partie. Cette prise de conscience m'a fait sentir toute petite, impuissante et gravement insatisfaite de ma situation conjugale. J'en voulais au père de mes garçons de ne pas être présent. J'en voulais à Nutshimit d'être aussi exigeant. J'en voulais à Dieu de me laisser démunie.

Je me sermonnais moi-même en replaçant les conserves et le pain tranché que j'avais si bien disposés dans mes bacs. Je me disais que je devais accepter ma situation. Que j'y arriverais. Accepter les choses que je ne peux changer. Je le répétais. C'était une prière.

C'est dans cet état, le cœur fatigué, que j'ai reçu l'appel de Jean-Guy. Il est allé directement au but :

Naomi, je suis encore à l'hôpital, mais je vais mieux. Je devrais sortir bientôt. Je ne pense pas être capable d'aller dans le bois avant quelques semaines.

J'ai soupiré :

Je suis contente de savoir que tu vas mieux, Jean-Guy...

Il m'a coupé :

Mais il y a un jeune homme et son père qui vont à mon chalet. Ils prennent le train demain matin. Je leur ai parlé de toi. Je leur ai demandé de s'occuper de toi et de tes fils. D'aller puiser ton eau, de fendre ton bois et de te garder en sécurité sur le territoire. Ils m'ont dit qu'ils le feraient. Ce sont des hommes fiables et s'ils m'ont dit qu'ils le feraient, tu peux avoir confiance.

Je suis restée quelques secondes sans mots. J'étais vraiment fatiguée. Ce voyage m'avait procuré plus de soucis que de bonheur et je n'avais plus la force de me battre pour emmener mes fils en forêt. J'avais déjà défait la moitié de mes bacs. J'avais déjà commencé à accepter ma situation. J'ai dit :

Merci Jean-Guy. Ça me touche ce que tu m'offres. Et ce que tu as fait pour que je puisse monter dans le bois. Mais tu vois, je me suis déjà mise en tête que je ne prendrais pas le train cette année pour aller dans ton territoire. Ça me rend triste, mais je crois que c'est mieux que je reste chez moi. On se reprendra.

Il ne m'a pas laissé finir :

Naomi, je sais que tu as trouvé ça dur, les plans qui ont changé. Mais ne te décourage pas. Ce que tu as entrepris dans ton cœur, d'amener tes garçons en forêt, de leur montrer le territoire, fais-le. Eka ashate. Ne flanche pas.

Eka ashate. Fais-le.

Moins de vingt-quatre heures plus tard, j'étais installée sur une banquette du train, mon bébé dans mes bras, Marcorel qui observait le territoire défiler par la fenêtre. Il m'a dit :

Maman, je suis content de partir.

J'ai souri. J'ai dit :

Moi aussi mon cœur.

Le premier matin dans le chalet prêté par Jean-Guy a suffi à effacer toute trace de peine et de fatigue dans mes yeux. Les quelques jours passés dans Nutshimit m'ont réconciliée avec ma vie de mère monoparentale. J'avais très peu à m'inquiéter. Comme promis, les deux hommes, Negasson et Loïk, m'ont généreusement fourni en eau et en bois de chauffage. Je cuisinais les repas, je nourrissais mes garçons. Une fois le ventre plein, on s'habillait chaudement pour aller se promener en ski-doo, chasser les perdrix blanches, glisser sur la petite bute devant le chalet. Le soir, nous partagions les repas avec nos guides.

Tous les soirs, avant de m'endormir, je remerciais le Créateur le cœur reconnaissant. Pour cet endroit, la chaleur du poêle à bois, la douceur des couvertures, le corps tranquille, l'âme en paix. Pour mes fils. La joie simple dans leurs gestes, l'isolement de la forêt qui soudait ma famille. Voir mon aîné jouer avec mon bébé, assis par terre. Leurs rires. Mon sentiment d'être accomplie. Comblée.

Au retour, assise sur une banquette du train, j'ai réfléchi aux mésaventures qui avaient précédé mon départ. Gavée de mon séjour à Dolliver, j'avais pris du recul. Bien sûr, les choses auraient pu se passer tout autrement. Si le train n'avait pas déraillé. Si la neige ne l'avait pas fait dérailler. Si le cœur de Jean-Guy n'avait pas déraillé, lui aussi. Si. Bien sûr, ça m'aurait épargné beaucoup de larmes, de travail, de frustrations.

Et cette phrase qui m'a suivie jusqu'aux confins du Nutshimit. La phrase d'un homme souffrant. La voix de Jean-Guy que j'ai gravée dans mon cœur. La parole de mes ancêtres chuchotée à mon oreille. Du même souffle.

Eka ashate. Ne flanche pas.

Il y a quelques années, j'ai répondu à un questionnaire d'un journal. Une des questions était celle-ci :

Si la condition pour devenir écrivain était d'avoir eu une enfance difficile, auriez-vous choisi cette voie ?

Je me suis mise à penser à mon enfance. À ma famille. À notre maison verte sur la rue Kamin. Je me suis remémoré les pique-niques à la plage. Les randonnées au parc des écureuils. Les guimauves dans le feu. Les cours de pâtisserie. Les bricolages et le bordel qu'on laissait derrière nous. L'horaire des tâches ménagères que ma mère devait constamment nous répéter. Les sorties à la piscine. Les soirées cinéma à la maison tous les vendredis. Le déménagement à Québec. Notre logement sur l'avenue De Léry. Les écoles privées. Les cours de conduite.

Toute notre vie, nous avons été élevés par une femme seule. Dans le tableau de notre famille, forcément, il manquait mon père. Ça a laissé un vide dans notre maison, des carences émotionnelles chez moi, chez mes sœurs et mon frère. Je ne nierai jamais l'importance d'un père dans une famille. J'ai trop souffert de n'avoir jamais eu le mien, tant pour les bons jours que pour mes drames. Toutefois, au centre de ce portrait, il y avait notre mère. Ce n'était pas une mère ordinaire. Elle n'a jamais été une mère comme les autres.

Je me souviens de ce moment, j'étais adolescente. Tous les soirs, avec ma bande, on traînait dans les rues de notre quartier à Limoilou. Jusqu'à la tombée de la nuit, jusqu'à ce qu'arrive l'heure de mon couvre-feu. Alors, mes amis me reconduisaient jusqu'à ma maison et, eux, continuaient à traîner dans les parcs, encore une heure ou deux.

Ce jour-là, Bruno, un ami de John, s'était joint à la bande. Il avait passé toute la soirée avec nous. On avait marché à travers le parc Maizerets, erré sans but en riant des blagues de John. Puis est arrivée l'heure de mon couvre-feu. Comme d'habitude, on s'est dirigés vers ma maison quand Bruno m'a demandé :

Tu rentres déjà ?

John a répondu à ma place :

Oui, sa mère l'oblige à rentrer avant dix heures. Elle a un couvre-feu.

Bruno a rétorqué en se moquant de lui :

Depuis quand t'as peur des mères, toi ?

Et John, le plus sérieusement du monde, a tranché :

Tu ne connais pas sa mère.

John m'a reconduite jusque chez moi avec une charmante attitude du devoir accompli.

À l'âge où les parents baissent souvent les bras devant les crises de leur adolescent, achetant la paix, elle a refusé de nous laisser à nous-mêmes, sans cadre, sans autorité. Elle s'est battue, une maman ourse qui voulait nous protéger, même devenus adultes, afin que chacun de nous trouve sa voie.

Elle a réussi. Mon frère est un excellent soudeur et a trois enfants. Sa fille Juliette est la deuxième petite-fille de ma mère et elle étudie au Cégep de Sept-Îles. Arianne est traiteur et chargée de projet, elle fait fumer elle-même son saumon de la manière traditionnelle. Elle a un garçon qui joue au hockey depuis qu'il a quatre ans. Maggie est infirmière, la plus attentionnée et énergique qu'un patient pourrait souhaiter. Elle a deux grandes filles, belles, intelligentes, créatives. Mayna est enseignante au préscolaire à l'école de Maliotenam. Elle a trois enfants, deux filles et un grand ado, champion au badminton de sa ligue scolaire.

Et il y a moi. J'écris des livres et je suis la maman de deux fils. Deux enfants innus. J'ai commencé à écrire très jeune. J'écrivais des poèmes sur l'amour, la joie, la tristesse. Des journaux intimes, avec un cadenas. J'écrivais des textes argumentatifs pour mes cours de français. Des histoires engagées pour mon blogue. Je ne savais pas que je deviendrais écrivaine. Qu'un jour j'écrirais des livres que des gens que je ne connais pas auraient envie de lire.

À la question sur l'enfance douloureuse, j'ai répondu non. Je n'échangerais mon enfance pour rien au monde. Tout au long de ma vie, j'ai reçu ce qui, selon moi, est essentiel pour créer : de l'espace dans la tête, dans le cœur, dans mes journées. Un espace sûr, plein d'amour, de rires. La sécurité que ma mère m'a offerte m'a permis d'aller au-delà des limites que je croyais possibles. Et dans cet au-delà, dans la création, moi aussi, j'ai trouvé ma voie.

Dans les aléas de ma vie, je suis devenue moi aussi une maman qui élève seule ses deux garçons. Comme elle, ça ne m'a pas empêché de faire exactement les choses que j'ai cru bonnes pour nous. Mes études. Ma carrière. Les déménagements. Les livres. J'ai toujours cherché à suivre mon cœur et non à me restreindre à cause de ma condition. Mais il y a une chose que j'ai toujours trouvée très injuste dans cette monoparentalité. C'est que personne ne voit les petits gestes qu'une mère seule pose tous les jours. Donner le sein. Faire chauffer la bouteille de lait. Se lever en pleine nuit. Changer des centaines de couches. Les purées faites maison. L'épicerie, les repas, la vaisselle pour les dix-huit prochaines années et plus. Les heures d'attente à l'urgence à cause d'une otite. Le ménage. Le lavage. Les préparatifs pour aller à la plage. Les milliers de factures à payer. Les bricolages pour les jours de pluie. Les vendredis à la piscine. Les invitations que l'on refuse parce qu'il n'y a pas de gardienne. Les soirs où on pleure parce que c'est exténuant de penser à tout. Toutes ces petites choses que personne ne remarque. Que personne ne trouve importantes. Sauf nous. Les mères seules. Parce que personne ne les fera si nous ne les faisons pas.

La première fois que ma mère m'a accompagnée en France, c'était pour un colloque à Cerisy, en Normandie. J'avais pris la parole et fait une conférence sur la littérature innue. J'avais parlé d'An Antane Kapesh, de Joséphine Bacon, de notre histoire, de notre force.

Après ma présentation, j'ai vu que ma mère était émue. Elle m'a dit :

Ton grand-père Nikshan aurait été fier de toi. Que tu sois venue parler des Innus dans un château en France. Ces hommes et ces femmes très instruits qui t'écoutaient parler... mon père aurait adoré ça.

C'était sa manière à elle de me dire qu'elle était fière de moi. Et ce livre est ma manière à moi de le lui dire. De lui dire que je reconnais chaque geste, petit et grand, qu'elle a posé pour nous élever. Je reconnais les combats qu'elle a menés, comme une tshishe-usthemashkueu, une reine. Pour moi. Pour nous. Pour elle.

Et je voulais que le monde entier le sache.

Toute sa vie ma mère s'est battue. Elle s'est battue contre le regard des autres qui cherchaient à la diminuer. Elle s'est battue contre elle-même, contre ses propres certitudes. Parce qu'elle était innue. Parce qu'elle était veuve. Parce qu'elle était monoparentale. Parce qu'elle était une femme. Elle s'est battue et je peux affirmer, en jurant sur la tête de ma grand-mère Alice, qu'elle a gagné.

Ceci est mon histoire.

REMERCIEMENTS

Je tiens à remercier tous les aînés de ma communauté qui m'ont fait confiance pour raconter des bribes de leur histoire, de leur vie. Tshinishkumitinau utshimashkueuat Marie-Marthe Fontaine et Brigitte André. Usthimauat Denis Michel, Putu Vollant, Raymond Jourdain, Bastien Michel, Pipo Antonio Fontaine, Charles Robertson mak Johnny Régis. Vous m'avez permis de grandir dans mon identité et de reconnaître la grande force de notre nation.

Je tiens aussi à remercier ma mère sans qui ce livre n'aurait pas été possible. Tu es le ciment de cette œuvre. Toute ta vie pour moi est un exemple de résistance. Tshimishta-shuenimiten.

Merci aux auteurs-compositeurs-interprètes cités dans ce livre. Bill St-Onge, Asthuk Grégoire, Florent Vollant et Claude McKenzie, Bryan André, Maten, Scott-Pien Picard et Philippe McKenzie. Merci de faire briller notre langue, de la faire vivre.

Ninashkumau Katipenitak e innushkueuian. Uin nanitam ka tshishpeuatat innua, nete ut Nutshimit uesh ma ishhpish kashikanit. Merci au Créateur d'avoir préservé mon peuple depuis la vie en forêt dans Nutshimit jusqu'à aujourd'hui. Merci, car sans ça, je n'aurais pas existé.

DANS LA COLLECTION ROMAN

Gouverneurs de la rosée, Jacques Roumain
Trilogie tropicale, Raphaël Confiant
Brisants, Max Jeanne
Une aiguille nue, Nuruddin Farah
Mémoire errante (coédition avec Remue-Ménage), J. J. Dominique
Dessalines, Guy Poitry
L'allée des soupirs, Raphaël Confiant
Je ne suis pas Jack Kérouac (coédition avec Fédérop), Jean-Paul Loubes
Saison de porcs, Gary Victor
Traversée de l'Amérique dans les yeux d'un papillon, Laure Morali
Les immortelles, Makenzy Orcel
Le reste du temps, Emmelie Prophète
L'amour au temps des mimosas, Nadia Ghalem
La dot de Sara (coédition avec Remue-Ménage), Marie-Célie Agnant
L'ombre de l'olivier, Yara El-Ghadban
Kuessipan, Naomi Fontaine
Les latrines, Makenzy Orcel
Vers l'Ouest, Mahigan Lepage
Soro, Gary Victor
Les tiens, Claude-Andrée L'Espérance
L'invention de la tribu, Catherine-Lune Grayson
Détour par First Avenue, Myrtelle Devilmé
Éloge des ténèbres, Verly Dabel
Impasse Dignité, Emmelie Prophète
La prison des jours, Michel Soukar
Coulées, Mahigan Lepage
Maudite éducation, Gary Victor
Je ne savais pas que la vie serait si longue après la mort,
collectif dirigé par Gary Victor
L'amant du lac, Virginia Pésémapéo Bordeleau

La nuit de l'Imoko, Boubacar Boris Diop
Les chants incomplets, Miguel Duplan
La dernière nuit de Cincinnatus Leconte, Michel Soukar
Cures et châtiments, Gary Victor
Des vies cassées, H. Nigel Thomas
(traduit par Alexie Doucet)
Le testament des solitudes, Emmelie Prophète
Première nuit : une anthologie du désir,
collectif dirigé par Léonora Miano
La maison des épices, Nafissatou Dia Diouf
L'enfant hiver, Virginia Pésémapéo Bordeleau
Fuites mineures, Mahigan Lepage
Les brasseurs de la ville, Evains Wêche
Le vieux canapé bleu, Seymour Mayne
Volcaniques : une anthologie du plaisir,
collectif dirigé par Léonora Miano
Le bout du monde est une fenêtre, Emmelie Prophète
Manhattan Blues, Jean-Claude Charles
Le parfum de Nour, Yara El-Ghadban
Le jour de l'émancipation, Wayne Grady
(traduit par Caroline Lavoie)
Le petit caillou de la mémoire, Monique Durand
Bamboola Bamboche, Jean-Claude Charles
Nuit albinos, Gary Victor
Le bar des Amériques, Alfred Alexandre
De glace et d'ombre, H. Nigel Thomas
(traduit par Christophe Bernard et Yara El-Ghadban)
Le testament de nos corps, Catherine-Lune Grayson
La femme tombée du ciel, Thomas King
(traduit par Caroline Lavoie)
Sans capote ni kalachnikov, Blaise Ndala
Adel, l'apprenti migrateur, Salah El Khalfa Beddiari
Phototaxie, Olivia Tapiero
Écorchées vivantes, collectif dirigé par Martine Fidèle
Manikanetish, Naomi Fontaine

Sainte dérive des cochons, Jean-Claude Charles
160 rue Saint-Viateur Ouest, Magali Sauves
Masi, Gary Victor
Je suis Ariel Sharon, Yara El-Ghadban
Tireur embusqué, Jean-Pierre Gorkynian
Cartographie de l'amour décolonial, Leanne Betasamosake Simpson
(traduit par Arianne Des Rochers et Natasha Kanapé Fontaine)
Le rossignol t'empêche de dormir, Steven Heighton
(traduit par Caroline Lavoie)
Le chant de Corbeau, Lee Maracle
(traduit par Joanie Demers)
Les enfants du printemps, Wallace Thurman
(traduit par Daniel Grenier)
Ben Aïcha, Kebir Ammi
La balançoire de jasmin, Ahmad Danny Ramadan
(traduit par Caroline Lavoie)
Jonny Appleseed, Joshua Whitehead
(traduit par Arianne Des Rochers)
Débutants, Catherine Blondeau
Mère à Mère, Sindiwe Magona
(traduit par Sarah Davies Cordova)
On se perd toujours par accident, Leanne Betasamosake Simpson
(traduit par Arianne Des Rochers et Natasha Kanapé Fontaine)
Boat-People, Sharon Bala
(traduit par Véronique Lessard et Marc Charron)
Ayiti, Roxane Gay
(traduit par Stanley Péan)
Balai de sorcière, Lawrence Scott,
(traduit par Christine Pagnoulle)
Laisse folie courir, Gerda Cadostin
Les villages de Dieu, Emmelie Prophète
Dans le ventre du Congo, Blaise Ndala
Annie Muktuk et autres histoires, Norma Dunning
(traduit par Daniel Grenier)
Tisser, Raharimanana
Le K ne se prononce pas, Souvankham Thammavongsa

(traduit par Véronique Lessard)

Le chant de Celia, Lee Maracle
(traduit par Joanie Demers)

Noopiming. Remède pour guérir de la blancheur,
Leanne Betasamosake Simpson
(traduit par Arianne Des Rochers)

Ferdinand je suis à Paris, Jean-Claude Charles

Maisons vides, Brenda Navarro
(traduit par Sarah Mustad)

Le testament des solitudes, Emmelie Prophète

Difficult Women, Roxane Gay
(traduit par Olivia Tapiero)

Tomber, Carlos Manuel Álvarez
(traduit par Éric Reyes Roher)

Seuil de tolérance, Thomas King
(traduit par Daniel Grenier)

Neige des lunes brisées, Waubgeshig Rice
(traduit par Yara El-Ghadban)

Jamais l'oubli, Wayne Grady
(traduit par Catherine Ego)

Hors-Sol, Philippe Yong

L'or des mélèzes, Carole Labarre

Mon cœur bat vite, Nadia Chonville

La sirène de Black Conch, Monique Roffey
(traduit par Gerty Dambury)

Le violon d'Adrien, Gary Victor

Dissident, Jean-Pierre Gorkynian

Tainna, Norma Dunning
(traduit par Daniel Grenier)

Ce corps à pleurer, Tsitsi Dangarembga
(traduit par Nathalie Carré)

Du bitume et du vent, Vincent Vallières

Les Indiens s'amusent, Thomas King
(traduit par Catherine Ego)

Des cendres dans la bouche, Brenda Navarro
(traduit par Sarah Mustad)

Béatrice et Croc Harry, Lawrence Hill (traduit par Stanley Péan)
La danse des flamants roses, Yara El-Ghadban
Je remercie la nuit, Véronique Tadjo
Petite-Ville, Mélikah Abdelmoumen
Un Égyptien peut-il parler anglais?, Noor Naga
(traduit par Marie Frankland)
Benoît Blues, Jean-Christophe Folly
Les déterrées, Katia Belkhodja
Le désespoir des anges, Henry Kénol
L'envers de la peau, Jeferson Tenório
(traduit par Lara Bourdin et Emanuella Feix)
Gaza écrit Gaza, Refaat Alareer, dir.
(traduction collective)
Les yeux clos, Philippe Yong
La Coyota, Domingo Cisneros
(traduit par Antoinette De Robien)

Édition — Rodney Saint-Éloi, Yara El-Ghadban

Révision — Jean-François Létourneau

Correction (français) — Caroline Décoste

Correction (innu-aimun)) — Denise Jourdain

Direction artistique et design graphique — Julie Espinasse
Atelier Mille Mille

Œuvre en couverture — @ Naomi Fontaine
archives familiales

Mémoire d'encrier reconnaît l'aide financière du Gouvernement
du Canada par l'entremise du Conseil des Arts du Canada,
du Fonds du livre du Canada et du Gouvernement du Québec
par le Programme de crédit d'impôt pour l'édition de livres, Gestion Sodec.

Mémoire d'encrier est diffusée et distribuée par :
Harmonia Mundi livre — Europe
Groupe Madrigall - Équipe Gallimard — Canada

Dépôt légal : 3e trimestre 2025

Catalogage avant publication de Bibliothèque
et Archives nationales du Québec et Bibliothèque et Archives Canada

ISBN (PAPIER) : 978-2-89872-036-9
ISBN (EPUB) : 978-2-89872-037-6
ISBN (PDF) : 978-2-89872-038-3

CIP : LCC PS8611.O5712 E33 2025 | CDD C843/.6—dc23

IMPRIM'VERT®

L'ouvrage *Eka ashate · Ne flanche pas* de Naomi Fontaine
est composé en Stanley regular, d'Optimo.
Il est imprimé en France sur du papier issu
de forêts durablement gérées et de sources contrôlées
en mai 2025 par CPI Firmin-Didot (184366) pour le compte
des éditions Mémoire d'encrier inc.